Michal Zamir

Roman

DAS MÄDCHENSCHIFF

Deutsch von Ruth Achlama

marebuchverlag

Erster Teil
MICHAELA

1

Ich konnte mich nur mit Mühe beherrschen, rannte den Gang hinunter und stürmte in das Büro der Truppenbeauftragten. Ein stickiger Geruch nach Waffenöl schlug mir entgegen. Das neue Büro hatte noch vor kurzem der Waffenkammer als Materiallager gedient. Anat, die Truppenbeauftragte für Dienstbedingungen, füllte Formulare aus. «Ich bin wieder mal schwanger», sagte ich. «Und hier stinkt's. Mir wird ganz übel davon.»

Anat fuhr hoch, setzte sich aber gleich wieder. «Kaum zu glauben, du bist wirklich nicht normal», sagte sie, mehr zu sich selbst, und ich hörte Verzweiflung und Bemühen um eine Lösung heraus. «Was soll ich jetzt damit anfangen?» Sie grübelte sichtlich angestrengt, als hätten sie im vormilitärischen Kurs den Umgang mit schwierigen Fällen nicht oft genug durchgespielt. Danach wirkte sie erschrocken, dann blickte sie mich gerade an, und jetzt schien ihr Mitgefühl erwacht zu sein. «Gut, mach dir keine Sorgen, wir managen das.» Sie rappelte sich vom Stuhl hoch und kam auf mich zu. Zwei Schritte genügten. «Beim Militär wird man nach der dritten Ausschabung entlassen, und das ist schon deine wer weiß wievielte.

Als Erstes sagst du, der Vater sei Araber, hörst du? Araber!»

Meinetwegen hätte der Generalstabschef der Vater sein können, das war mir gleich. «Es war auch letztes Mal ein Araber», erinnerte ich sie vorsichtshalber. «Hol mal den Ordner runter, da hinter dir, da sind Formulare für die Kommission drin.» Mir wurde noch schlechter. Die fünfte Ausschabung. Ich habe noch keine zwei Jahre rum, bin noch keine zwanzig und schon die fünfte Ausschabung, die, nach der man angeblich nicht mehr schwanger werden kann. Ich kann nicht fassen, dass ich das bin, aber das bin ich, und all das passiert mir.

«Sag mal, vielleicht willst du das Kind ja? Das wäre am einfachsten. Du musst dir keine Sorgen machen, die Armee hilft dir. Es gibt irgendeine Beihilfe, und vielleicht wirst du sogar als Wehrdienstbeschädigte anerkannt?» Was hätte ich ihr antworten sollen? Schau, das ist nicht gerade meine Vorstellung von «Leben»? Will ich etwa irgendwo Sekretärin sein, mit Beschädigtenrente und einem Kind in der Kita der Gewerkschaft? Sollte ich sagen, ich hätte nie geglaubt, dass mir das passieren könnte, dass ich Angst habe, dass ich nicht weiß, wie man hier rauskommt, aus diesem Büro, aus diesem ehemaligen Materiallager der Waffenkammer?

Meine Gedanken kamen mir fremd vor; früher, in der Oberschule, hatte ich in anderen Begriffen gedacht, hatte ganz andere Bilder im Kopf gehabt. Kein wirkliches Gesamtbild, aber Teile, die zusammen Erfolg ergeben: «Studium», «Karriere», schicke Hosenanzüge wie in der

Werbung, zwei hochbegabte Kinder und ein Ehemann, so eine richtig gute Partie mit Volvo oder vielleicht sogar Mercedes. Ich hatte fünfzehn Punkte im Biologie-Leistungskurs.

2

Als ich in mein Zimmer im Mädchenwohnbereich zurückkehrte, mit zitternden Beinen wegen der Schwäche und Übelkeit und auch weil ich mich einfach so mitten beim Küchendienst davongemacht hatte, war alles leer. Ich schlüpfte mit Kleidung und Schuhen unter die Decke und begann, mir meine Zukunft auszumalen. Wenn ich bis heute nicht Selbstmord begangen habe, werd ich's auch nicht mehr tun. Ich werde schon zurechtkommen, schaffe es vielleicht sogar, was aus meinem Leben zu machen. Wenn das nämlich wirklich meine letzte Schwangerschaft ist, dann hab ich's ja nicht eilig, zu heiraten und Frühstück, Mittag- und Abendessen zu machen. Und wenn ich keine Kinder bekomme, mache ich vielleicht mal Karriere und scheffle Geld. Und Karriere und Geld sind gut, viel besser als alles, was ich ursprünglich geplant hatte. Wer weiß, vielleicht verdiene ich sogar mal so viel, dass ich meiner Familie helfen kann.

Andererseits, wenn ich sie jetzt behalte, diese Schwangerschaft, dann sitzen wir in ein paar Jahren beide in irgendeiner Sozialwohnung auf einem Sofa, das wir aus einem öffentlichen Luftschutzkeller geklaut haben, gucken uns gemeinsam die Nachrichten an, und ich zeige ihm – nehmen wir mal an, er ist sieben oder acht, und ich sehe sicher aus wie hundert – ich zeige ihm im Fernsehen den da in der Mitte, zwischen all den Glatzköpfen mit Bauch in Arbeitsuniform: Da, das ist dein Papa.

Gut, vielleicht sollte ich mal in die Küche gehen und denen was sagen. Am besten mach ich mich wirklich gleich wieder ins Büro auf. Unterwegs nehme ich H-Milch von der Quartiermeisterei mit, damit wenigstens was für den Kaffee da ist. Denn jetzt gehen ja alle in die Pause, und trotz der neuen Anweisung, die Arbeit in den Büros nicht zu stören, stehlen sich alle auf einen kleinen Kaffee herein. Und vielleicht schicken sie ja jemanden in die Küche, um mich zu holen, damit ich mit dem Kaffee helfe, nur für eine halbe Stunde, nicht mehr, und dann finden sie mich nicht. Denn alles andere geht ohne mich, nur mit dem Kaffee kommt außer mir keiner zurecht. Der Kaffee, das bin ich.

Mein Vater, der mal Oberstleutnant bei der Instandsetzungseinheit war und heute Filialleiter beim Coop in Rischon Lezion ist, hat seine Beziehungen spielen lassen, und so bin ich hier gelandet, in der Hochschule für Stabs- und Kommandooffiziere aller Waffengattungen der israelischen Verteidigungsarmee, eine hervorragende Einrichtung, die uns alle daran erinnert, dass Zahal ein Stab mit zwei Enden ist: Das eine Ende ist der Mann des Schwertes, aber es gibt noch ein anderes Ende, den Mann des Buches. Ziel ist, dass jeder, vom Major aufwärts, *min-*

destens den ersten akademischen Grad besitzt, eine militärakademische Ausbildung, die der Komplexität seiner Tätigkeit entspricht. Denn wir sind das Gesicht dieses Staates, das Gesicht unserer Frauen und Kinder.

Die Krux ist, dass sie mir die Spirale nicht genehmigt haben. «Bei der Armee werden Intrauterinpessare nicht genehmigt, ehe nicht mindestens ein Kind vorhanden ist», erklärte mir der Gynäkologe vom Sanitätskorps nach der zweiten Ausschabung. «Wir möchten Ihre Chancen, künftig zu gebären, nicht beeinträchtigen.» Als ob ich jetzt an künftige Geburten oder überhaupt an eine Zukunft denken könnte. Bei der Quartiermeisterei waren sie großzügig, haben mir einen ganzen Karton H-Milch gegeben, sodass ich nicht alle Stunde hinrennen muss. Bleischwer, aber hier macht man kein Aufhebens um schleppende Frauen. Andererseits reicht mir das jetzt für zwei Tage.

Schon auf dem Weg zum Büro sehe ich den Tumult. Die dichte Traube um den elektrischen Samowar, die herumrollenden Pappbecher, die klebrigen Kaffeeflecken auf dem Linoleumboden, das Glas mit den schwarzen und braunen Kaffeekrümeln zwischen den Zuckerkristallen, die klebrigen Teelöffel, die Zigarettenstummel und die Abdrücke der Militärstiefel.

3 Ich kam gleich nach der Grundausbildung auf den Stützpunkt, um Michaela abzulösen, die einen Offizierslehrgang antreten sollte. Es gab eine gemeinsame Einarbeitungsphase, aber mitten in dieser Zeit hat sie sich eine Kugel in den Kopf gejagt. Ich konnte außer dem Ablegen von Schriftstücken nicht mehr viel von ihr lernen. Sie war immer so ernst, so traurig. Hinterher haben sich alle gewundert, warum sie ihr vorher nichts angemerkt hatten, aber in Wirklichkeit sind hier alle Soldatinnen so, ernst, traurig, die ganze Zeit besorgt.

Sie hat sich die Kugel am Wochenende im elterlichen Badezimmer in den Kopf geschossen. So konnte Re'uma, die Frauenkorpsoffizierin des Stützpunkts, Oberstleutnant Irad Schwarz erklären, es sei unvermeidlich gewesen, sie hätte Probleme mit ihren Eltern gehabt. Und ich meine, wie schwer kann es denn eine schon haben, die auf diesem Stützpunkt nicht fett wie eine Kuh geworden ist? Eine, die nach über einem Jahr Wehrdienst immer noch in die Uniform passte, die sie bei der Rekrutierung bekommen hatte, Größe 36?

Ihr Bruder ist im Jom-Kippur-Krieg gefallen. Vielleicht ist sie deshalb hier gelandet, als eine Art Protektion vor der Trauer, und vielleicht ist man deshalb auch schonend mit ihr umgegangen, das heißt, hat sich nicht mit ihr angelegt, auch dann nicht, als es dringend geboten gewesen wäre. Sie war nun das einzige Kind ihrer alten Eltern, Holocaustüberlebenden von irgendwoher. Einmal hat sie mir erzählt, beide hätten vorher andere Familien gehabt. «Wenn die Kinder meiner Eltern aus ihren vorigen Familien nicht in der Schoah umgekommen wären und mein Bruder nicht gefallen wäre, könnte ich noch fünf Geschwister haben.» Was für eine Idiotin. Wenn die Familien deiner Eltern nicht in der Schoah umgekommen wären, hätten sich deine Eltern überhaupt nicht getroffen und du hättest keinen großen Bruder gehabt, den beide unbedingt Jossi nennen wollten, weil sie in ihren vorherigen Familien jeder einen Sohn namens Josef hatten, und vielleicht hätten sie auch dich nicht Michaela genannt, nach der Tochter deiner Mutter, die genauso war wie du.

Nach zwei Wochen gemeinsamer Einarbeitung kam mir langsam der Verdacht, dass bei ihr was aus dem Lot geriet. Sie fing an, bei der Büroarbeit zu schlampen, das heißt, sie legte alle möglichen Schriftstücke in falschen Ordnern ab und vergaß völlig, unsere Unterlagen in Umlauf zu bringen. Und außerdem kam David Kochavi, der Brigadegeneral, der hier auf dem Stützpunkt auf seine Beförderung zum Generalmajor wartet, jetzt öfter zu uns ins Büro. Für uns war das eine große Ehre. Alle wussten, dass er zu Michaela kam, aber wenn wir ein Problem zu lösen hatten, brauchte ich ihm bloß einen Wink zu geben, und schon klemmte er sich dahinter. So kam er ein paar Mal in unser Büro, guckte sie an wie einer, der für sie sorgt, wie ein Vater, der sich gegen seinen Willen in sie verliebt, und stellte ihr Fragen nach ihrer Heimatstadt Netanja, nach Studienplänen und nach dem, was ihr allgemein so durch den Kopf ging.

Ihr trauriger Blick hatte es ihm angetan, dieser Hinterbliebenenblick, ich sah ihn heißlaufen. Er drang ihr mitten in die Wunde. Zuerst mit einfachen Fragen von wegen wo, wann und wie ist es passiert, und dann wollte er wissen, was genau schiefgegangen war. Und danach fiel ihm ein, dass er im Jom-Kippur-Krieg auch auf den Golanhöhen war und alles noch bestens weiß, genau diesen Fall im Kopf hat. Ja, er erinnert sich an ihren Bruder, an Jossi. Er wird natürlich die Akten einsehen und ihr dann die ganze Wahrheit offenlegen, an die nur er rankommt, die Wahrheit, die nur sie erfahren wird. Und als er die Akten eingesehen und Jossis Bild gefunden hatte, fielen ihm noch weitere Einzelheiten ein, aber vor allem erinnerte er sich an seine Augen, in denen irgendwas total lebendig geblieben war, auch als der Körper schon im Sterben lag. Das waren Augen von der Sorte, die man nie vergisst, Augen wie ihre. Und vielleicht sei diese ganze Begegnung zwischen ihnen kein Zufall gewesen. Vielleicht habe sich damit ein Kreis geschlossen. Und vielleicht blickten Jossis Augen von irgendwo droben im Himmel auf sie und ihn herab.

Eine Woche später fingen bei ihr die Störungen an, die sich nach etwa einem Monat erheblich verschlimmerten, als sie es schon leid waren, über Jossi zu reden, und sie schon genug von seinen Geschichten hatte, dass nur er alles weiß, und von den Augen, die nur er in Erinnerung hat. Die schamrote, schüchterne Erregung der ersten Begegnungen wich hemmungslosen, kindischen Anfällen. Sie setzte sich auf seinen Schoß, umtänzelte ihn mit federleichten Ballettschritten. Er werde Jossi nicht vergessen, wirklich ein Goldjunge, einer von unseren Allerbesten.

Unser Chef, Oberstleutnant Irad Schwarz, begriff, dass im Nachbarbüro was Regelwidriges ablief, hatte jedoch nicht die Energie, sich damit zu beschäftigen. Er ist zwar beim Militär, versteht sich aber als Akademiker. Er hat einen Master in Geschichte und behauptet, es werde nur noch ein paar Monate dauern, bis er seine Doktorarbeit fertig hat. Manchmal versucht er, das Titelblatt zu entwerfen: «Dissertation zur Erlangung des akademischen Grades: Von der Schweinebucht zur Meerenge von Tiran – der Einfluss des Kalten Krieges auf regionale Konflikte», aber dann vertut er sich oder schreibt über den Rand, und schon zerknüllt er das Blatt zu einer Kugel und zielt auf den Papierkorb. Trotzdem spielt ein zufriedenes kleines Lächeln um seine Mundwinkel, die Genugtuung eines Mannes, der in ein paar Monaten nicht mehr hier ist, dessen monumentales Werk, das alsbald aus seiner Dissertation hervorgeht, hier vor Ort großes Aufsehen erregen und ihm den Weg zu einem hohen Posten in der Abteilung für Fort- und Weiterbildung, Fachbereich Geschichte, ebnen wird.

Oberstleutnant Irad Schwarz interessierte sich nicht für Brigadegeneral David Kochavi und auch nicht für die Vorgänge im Nebenbüro. Er ist ja schon bald nicht mehr hier. Es geht ihm nur darum, bestmöglich seine Arbeit zu erledigen. Tatsächlich hätte er längst den Dienst quittiert, wenn da nicht die Kinder wären, die eins nach dem anderen geboren wurden, und die Wohnung, die abbezahlt werden muss, und die Tatsache, dass Mira, seine Frau, nicht arbeitet, kurz gesagt, wenn er nicht seine langsam angewachsene Familie ernähren müsste. Deswegen fickt er nicht, geht jeden Abend um fünf Uhr nach Hause, bittet nicht um Kaffee und stört nicht. Einer, der nichts tut, was nicht hundertprozentig in seinen Verantwortungsbereich fällt.

Nach meiner Ansicht hätten alle hellhörig werden müssen, weil Brigadegeneral David Kochavi, der auf seine Beförderung wartet, bei uns im Büro zum Dauergast wurde. Weil Michaela, die dauernd traurig aussah, häufig in Lachanfälle ausbrach, die einen frösteln ließen. Weil sie ihre sämtlichen Röcke kürzte und einen weiteren Knopf der Uniformbluse offen ließ. Weil die Unterlagen, die sie hätte in Umlauf bringen sollen, liegen blieben oder fehlgeleitet wurden oder verschwanden. Oberstleutnant Irad Schwarz wurde nicht ärgerlich und mischte sich nicht ein. Er erledigte nur weiterhin seine Aufgaben, zuverlässig wie eine Schweizer Uhr. Er kommt allein zurecht, stellt keine Forderungen.

Ich konnte nicht ahnen, wohin das letztlich führen würde. Ich hatte meine eigenen Probleme. Wurde schwanger, keine drei Monate nach der Einberufung. In jenem Monat hatte ich ein paar Mal Lust, Brigadegeneral David Kochavi von meiner Schwangerschaft zu erzählen, wie man einen guten Onkel ins Vertrauen zieht, der sich um alle Probleme kümmert, obwohl ich genau wusste, wer der Vater war. Aber Anat, die Truppenbeauftragte für Dienstbedingungen, riet mir, niemandem etwas zu sagen, nicht nach Vätern zu suchen und mich nicht weiter mit der Sache zu befassen. Einfach zur Kommission für Schwangerschaftsabbrüche zu gehen und zu sagen, es sei eine Vergewaltigung gewesen und der Vater sei ein Araber. Das passiert hier oft, beruhigte sie mich, besonders denen, die die Pille nicht vertragen.

Es war ein Donnerstag, als Michaela mit Knutschflecken am ganzen Hals ins Büro kam. Erst sah ich darüber hinweg, machte mir dann aber doch Sorgen und wollte ihr sagen, dass sie sich wie eine Verrückte aufführte, dass sie über die Stränge schlug und nicht mehr wiederzuerkennen war. Und gegen vierzehn Uhr, als Brigadegeneral David Kochavi länger ausblieb als erwartet, sagte ich es ihr tatsächlich. Ich sagte ihr, was ich von ihr hielt, und verriet ihr auch, dass ich schwanger war. Noch keine drei Monate beim Militär und schon schwanger. Ich sagte ihr, ich wüsste mit Sicherheit, dass es von Ami ist, den sie aus Netanja kennt und der bei uns der Fahrer des Hochschulleiters ist. «Hmmm, ein hübscher Junge», sagte sie mit einem Lächeln, das eher auf eine Geschichte von erster Liebe oder die Nachricht von einem neuen Freund gepasst hätte. Wirklich ein hübscher Junge. Bei mir funkte es an einem Abend im Mannschaftsspeisesaal, als er vom Duschen kam, so ein netter Kerl, und er hat mich auch gleich angemacht. Aber all das änderte jetzt nichts für mich, im Gegenteil. Ich hatte das Gefühl, dass diese ganze Affäre meine Schuld war, dass ich niemandem etwas vorzujammern hatte und keinem mit Forderungen zu kommen brauchte. War ja bloß einmal, das ist nicht so schlimm. Wenn es nur glattläuft und Vater und Mutter nichts davon erfahren und auch sonst niemand, dann hab ich's überstanden. Ich werde es einfach verdrängen. Und wenn ich mal verheiratet bin und Kinder und Geld habe, verrate ich es eines Tages vielleicht meinem Ehemann. Aber erst nach der Hochzeit und den Geburten und allem. Ein intimes Geständnis bei einem Glas Weißwein. Nett.

Am Sonntag wurde uns mitgeteilt, dass Michaela sich eine Kugel in den Kopf gejagt hatte. Im Badezimmer bei ihren Eltern. Mit dem Gewehr, das man ihr beim Verlassen des Stützpunkts ausgehändigt hatte. Geradewegs in den Kopf. Das war ein Schock. Alle liefen schweigend herum. Alle Studenten, an die hundert Majore und Oberstleutnants, die nun überflüssige Besuche im Büro vermieden und keinen Kaffee verlangten, fühlten sich schuldig. Aber schon am Montagmorgen, ein paar Stunden nach der Beerdigung, verflog die Stille langsam. Nach und nach kehrte alles in seine geregelten Bahnen zurück, lief wieder fast normal ab, bloß leiser. Nur ihre Eltern, graue alte Menschen in Wollmänteln, gingen mir nicht aus dem Sinn.

4

Damals, bei der ersten Ausschabung, hatte ich Angst, ich würde sterben. Fürchtete, nicht aus der Narkose aufzuwachen. Anat, die Truppenbeauftragte für Dienstbedingungen, begleitete mich, und als sie mich auf dem Bett wieder hinausfuhren, sagte sie mir, dass das, was mir sicher wie eine jahrelange Betäubung vorkäme, ganze zehn Minuten gedauert hätte. Nach zwei Stunden Ruhe brachten sie mir ein Glas Saft und Burekas und schickten mich mit einem Krankenschein für vier Tage mit der Erlaubnis nach Hause, ihn bei Bedarf telefonisch um weitere vier zu verlängern.

Mutter schöpfte sofort Verdacht, wollte es aber nicht wahrhaben. Einerseits kam es ihr komisch vor, denn meine beiden großen Schwestern, Etti und Malli, hatten während ihres gesamten Wehrdienstes keinen einzigen Tag Krankenurlaub erhalten. Andererseits war das bei mir nun wirklich unmöglich, passte nicht zu mir, ganz und gar nicht. Aber als ausgebildete Lehrerin weiß sie genau, dass das Unerwartete am ehesten zu erwarten ist, vor allem bei denen, denen man's nicht ansieht, und je deutlicher sie der Wahrheit ins Gesicht sah, desto nervöser wurden mein Vater und meine Schwestern. Ich lag in meinem Zimmer, hörte die CDs, die ich mir vor der Einberufung gekauft hatte, Corinne Allal und Shlomo Artzi, und ignorierte die Blicke der anderen.

Am nächsten Tag versuchten meine Schwestern, mit mir zu reden. Etti, meine große Schwester, die schon wusste, dass sie Joav heiraten würde, fing von der Zukunft an. Sie sagte, eine Frau müsse unbedingt auf sich aufpassen. Das hieße nicht, Jungfrau zu bleiben, sondern keinen Mist zu bauen. Ich blieb stur bei meiner Story von Grippe und hohem Fieber, und schließlich gaben sie's auf und ließen mich in Ruhe. Ich musste sehen, dass ich zum Stützpunkt zurückkam, als wäre mein Zuhause nicht mehr hier, sondern im Zimmer Nummer sechs in den Mädchenunterkünften, gleich neben den Duschen.

5

Bei meiner Rückkehr war das Büro relativ aufgeräumt. Die Erinnerung an Michaela schwebte noch über allem, und die Studenten hatten sich bemüht, Ruhe und Ordnung zu wahren, hatten nur Pappbecher benutzt und die Kaffeeecke nicht weiter verdreckt. Zum Reden gingen sie raus und stellten sich unter die alte Kiefer. Oberstleutnant Irad Schwarz freute sich, dass ich von der Grippe genesen war und die Dinge wieder in die Hand nahm. Schwer zu sagen, ob er an diese Grippe glaubte oder nicht.

Wir hängten ein Bild von Michaela auf, eine Vergrößerung des Lichtbilds aus ihrem Dienstausweis, mit einem schwarzen Band schräg über einer Ecke. Ein schönes Schwarz-Weiß-Foto, wie es sie von alten Filmstars gibt. Brigadegeneral David Kochavi betrat ernsten Schritts das Zimmer von Oberstleutnant Irad Schwarz. Ich konnte durch die Wand nicht hören, worüber sie sprachen; sie redeten leise und schienen keine Meinungsverschiedenheiten zu haben.

Danach kam Brigadegeneral David Kochavi in mein Büro, setzte sich mir gegenüber und fragte mich, wie es mir ginge. Mir ging es scheiße. Einerseits war ich wütend auf ihn, andererseits wärmte mich seine väterliche Fürsorge, bewehrt mit den Dienstgradabzeichen eines Brigadegenerals, demnächst, in ein, zwei Monaten, denen eines Generalmajors, und ließ meine Wut schmelzen. Ich fühlte mich als Mensch wahrgenommen.

Nach dem Abendessen war im Soldatenklub des Stützpunkts, das heißt im Saal der Kantine, ein Mädchentreffen mit Re'uma, der Frauenkorpsoffizierin, angesetzt. Wir mampften Schokoerdnüsse, saugten Cola durch Strohhalme und hörten zu. Wir durften nicht wissen, worüber sie genau redete, wussten aber sehr wohl, worauf sie hinauswollte. Sie saß in unserer Runde, und alles war informell, als sie uns nun an ihrem reichen Erfahrungsschatz teilhaben ließ. «Obwohl hier jede Einzelne sorgfältig ausgewählt wurde, kommt es manchmal vor, dass Soldatinnen dem Druck auf dem Stützpunkt nicht standhalten», begann Re'uma, «und wir als ihre Kameradinnen haben die Pflicht, umgehend den zuständigen Gremien, das heißt, den Angehörigen des Frauenkorps, jede zu melden, die nicht mehr mitzieht, die schlappmacht. Das hat nicht nur mit Verantwortungsbewusstsein und Kameradschaftlichkeit zu tun, das ist Meldepflicht, das ist Befehl. Dieser Stützpunkt hat eine besondere Struktur, eine Minderheit an Wehrpflichtigen beiderlei Geschlechts steht einer überwältigenden Mehrheit an hohen Offizieren und Studierenden gegenüber, und es obliegt uns, den Soldaten und vor allem den Soldatinnen, auf körperliche Reinheit zu achten. So kämpfen wir, die Soldatinnen der israelischen Verteidigungsarmee, für die Reinerhaltung der Waffen.»

Beständiges Krachen von Schokoerdnüssen, gelegentlich gestört durch das Rascheln beim Auswickeln eines Schokoriegels oder einer Stange Borkenschokolade. Wir waren ein bisschen aufgeregt ob der Aufgabe, einige stellten sogar Fragen, um zu verstehen, wie man das, wovon sie sprach, genau erkennen könne, aber die Frauenkorpsoffizierin wiederholte nur, dass diejenige, die gemeint sei, es sehr wohl wisse. Wir fühlten uns alle unbehaglich.

Als die Versammlung beendet war, fragte mich Kochi, ob ich eine Abtreibung hinter mir hätte. Ausschabung, korrigierte ich sie. Ausschabung. Sie hat schon zwei gehabt, und man bekommt immer ein bisschen Fieber hinterher. Und wieso ich meinen Eltern denn Theater vorspielen würde, als ob es nicht alle längst wüssten. Jedenfalls hätte ich's Ami erzählen sollen, meinte sie. Er hätte mir geholfen. Er sei wirklich nicht scheiße. Er sei ein Schatz. «Sag mal, stimmt es, dass sie was mit David Kochavi gehabt hat?» Ich dächte schon, sagte ich, aber sicher war ich nicht, denn es kam mir immer noch seltsam vor, dass sie mit ihm gevögelt haben sollte. Wie war sie bloß fähig, mit so einem ins Bett zu steigen, einem kleinen, dicken alten Knacker von fast fünfzig Jahren, der ihr Vater sein könnte? Und sie war so schön gewesen. Und was hatte er, ein kluger und reifer Mann, der ihr Vater sein könnte, an so einer gefunden? Er ist ja obendrein noch verheiratet. Es war alles so sinnlos.

6

Stabsfeldwebel Sansuri hat gesehen, wie ich mitten im Küchendienst abgehauen bin. Er hat weggeguckt. Er erkennt Brechanfälle aus einem Kilometer Entfernung, sobald die Schnitzel fürs Mittagessen in den riesigen, rostigen Pfannen zu brutzeln anfangen. Er kann unterscheiden, ob es die Übelkeit vom ersten, zweiten oder dritten Monat ist, und beim dritten Monat mischt er sich ein. Denn wenn die da nicht ihren Arsch bewegt, wird das in null Komma nix eine Frühgeburt. Bei mir brauchte er nicht einzugreifen. Wir wussten beide genau Bescheid.

Bratgeruch ist der empfindlichste Seismograph. Im zweiten Monat möchte man dabei am liebsten sterben, das Atmen einstellen und mit Lungen voll sauberer Luft platzen. Lieber abkratzen als den nächsten Atemzug tun. Bei Sansuri in der Küche kippen sie alle um. Ich bin eine Sekunde vorher getürmt. Alle paar Tage hat er hier eine andere Idiotin, genau im Alter seiner Tochter, die beim Braten ohnmächtig wird. Wenn er an seine Tochter denkt, bringt ihn das um, zerrt ihm an den Nerven. Ein

Glück, dass er genug Verstand gehabt hat, sie nicht hier rein zu lassen. In seiner Familie wahrt man ohnehin die Tradition: so sind sie jetzt halt noch ein wenig religiöser, und sie läuft in Kittel und Rock im Assaf-Harofé-Krankenhaus rum und trägt Uringläser von einem Zimmer zum anderen.

«Michelle, deck du die Tische für die Soldaten», höre ich seine gute Stimme sagen. Eigentlich ist er Oberstabsfeldwebel, Sansuri, nicht einfach bloß Stabsfeldwebel.

Das Gewimmel um den Samowar war vorbei. Ich steckte den Kopf durch das Innenfenster von meinem Büro zu dem von Oberstleutnant Irad Schwarz und meldete ihm, dass ich ginge, dass ich mich nicht wohl fühlte. «Gewiss, gewiss», erwiderte er erschrocken. Diese Sache mit den Abtreibungen macht ihm am meisten zu schaffen. Tatsächlich ist das der Megaskandal bei Zahal. Ein Skandal, dessen Ausmaße überhaupt nicht abzusehen sind. Über den keinerlei statistische Daten vorliegen. Aber was kann er in dieser Angelegenheit schon ausrichten? Höchstens nicht mitmachen. Die Sache publik zu machen kommt ja nicht in Frage, das könnte alle in Verruf bringen, und es gibt schließlich auch Gesittete unter uns. Außerdem ist das Geschmackssache, jeder kann wählen, wogegen er kämpfen will. Er fummelt anderen nicht gern in der Hose rum, und erst recht mag er keinen Wirbel verursachen, ihm genügt die intime Bekanntschaft mit dem, was in seiner eigenen Hose vor sich geht.

Andererseits kann er es schwer mit ansehen, vor allem

seit Michaelas Selbstmord. Manchmal meint er, er hätte eingreifen müssen, manchmal fällt ihm die Geschichte mit ihrer Familie ein, diese Eltern, die ihre ersten Kinder in der Schoah verloren haben und die zweiten einfach so und die nun trotz ihrer gewaltigen Anstrengungen keine Nachkommen hinterlassen werden. Vielleicht müsste er ab und zu das Grab aufsuchen. Ihm liegt das alles so gar nicht: Blut, Tod, Abtreibungen. Aber so ist das hier nun mal. Die Leute hier können sich nicht beherrschen. Wie die Melodie ständiger Brunst, man riecht den süßlich schweren Geruch in der Luft. Er sieht die bebenden Nüstern, den blinden Lauf, die rot anschwellenden Hälse, diese Leidenschaft, die allen wie ein Krebsgeschwür innewohnt, wie ein süßer, blinder Rausch. Zu seiner Freude ist er selbst klug genug, einzusehen, dass man dagegen nichts tun kann, dass es nicht zu stoppen ist, und hält sich aus alldem so weit wie möglich raus.

Er befürwortet den Appell an die Soldatinnen, verantwortlich zu handeln, Kondome zu benutzen. Wer weiß, eine echte Sexbombe könnte sämtliche Generalstabsoffiziere mit Syphilis anstecken. Und dann die Ausgaben, die damit verbunden sind, und das Blut und die Föten und die Komplikationen und Infektionen, und wahrscheinlich würden auch noch Klagen und Prozesse und Schadensersatzleistungen auf die Streitkräfte zukommen. Und zum Schluss wird dieser ganze Dreck wie Schmutzwasser hochquellen und die Armee überfluten. Und dagegen ist einfach absolut nichts zu machen.

7 Wenn der Abend sinkt, wenn der Himmel über dem Stützpunkt in Dunkelblau und Schwarz verfließt, wenn ferne, ferne Sterne vielversprechend zu glitzern beginnen, wenn die Uhr fünf zeigt und die Wache am Tor wechselt, dann schließen eins nach dem anderen die Büros und Schreibstuben. Abendessen: zwei Scheiben altbackenes Mischbrot, Magerquark, Oliven, Salat, Marmelade und süßer Tee. Gemeinschaftsduschen, schäumendes Shampoo, Austausch von Make-up und Lippenstift, Parfümwolken, Tangas und weiße Büstenhalter, Trainingsanzüge und Pantoffeln, ein langer Takt Stille, und alles beginnt zu schwanken. Das Mädchenschiff sticht in See.

Der zweistöckige Fertigbau wiegt sich im Weltenschoß, rührt und regt sich, will nicht schlummern. In den Zimmern schlingern Eisenbetten, graue Armeewolldecken rutschen, harte Baumwolllaken zerknittern, geblümte Bettsachen von zu Hause gleiten zu Boden, Türen schlagen, graue Metallspinde klopfen auf Fiberglasböden, wattierte Parkas fallen, ockergelbe Einheitsgardinen erbeben, bleiches Licht dringt durch die verstaubten Plastikscheiben – alles ist dreckig und dürftig, steigt und fällt, seufzt durch die Wände, stöhnt und schnauft.

Gleich kommt Schalom, der Brigadekommandeur, dem ich die Abschlussarbeiten tippe. Ich tippe, und er holt sie ab, stopft die Seiten in seinen Diplomatenkoffer mit den leicht angestoßenen Ecken, legt mir zum Dank die Hand auf die Schulter, packt härter zu und wirft mich aufs Bett. Mit ihm ist das nur so, aus Gewohnheit, eine

Art persönliche Gefälligkeit. Wir machen kein Aufhebens darum, und mir fehlt auch die Kraft zum Diskutieren.

Ein müder Fick. Auch er gerät nicht in Ekstase. Er liebt mich nicht, und ich liebe ihn nicht. Wir schauen uns nicht in die Augen. Er fragt nicht nach anderen Männern, und ich frage nicht nach anderen Frauen. Ich streife Trainingshose, Slip und Pantoffeln ab, alles in einem Rutsch, und lasse ihn eindringen. Er hat keinen besonders Steifen, aber das macht sich, wenn er drin ist. Alles im Stillen. Ich gebe mir keine Mühe zu kommen, er kommt innerhalb einer Sekunde. Gewohnheitsakt. Er hat noch hundert wie mich, noch hundert wenig überwältigende Orgasmen in einem Meer von Achtzehn- bis Zwanzigjährigen, ist schwammig, dicklich, picklig, behaart, fast glatzköpfig, riecht nach Shampoo und billigem Eau de Toilette, wahrscheinlich Charlie.

Alles schwankt. Ich war früh mit der Arbeit fertig. Habe den ganzen Abend vor mir. Ich könnte mal kurz Mosche am Tor besuchen. Wir kennen uns noch aus Rischon. Er war eine Klasse über mir im Gymnasium. Ist ein bisschen langweilig, wie alle Russen. So ernst, schlank. Sitzt am Tor und liest seine Bücher, immer Science-Fiction. Vor zwei Monaten, nach einer Verwundung bei irgendeiner Übung, hat man ihn hierher geschickt, um als Wachposten auf dem Hochschulstützpunkt zu dienen. Er hat null Bock. Möchte sie alle aufs Kreuz legen, diese Scheißaraber, wie sie's verdient haben, wie man in Russland mit ihnen umspringen würde. Mir sind sie völlig egal. Meine Armee hat nichts mit den Arabern zu tun, und ich habe gar nichts gegen sie. Vielleicht erzähl ich ihm von der Schwangerschaft, vielleicht verrate ich ihm sogar, dass der Vater Araber ist. Wozu? Lieber früh schlafen gehen. Man schläft prima bei diesem Schwanken. Richtig tief, nicht aus Müdigkeit, sondern aus echter Freude, dass bei mir alles bald zu Ende ist.

Zweiter Teil

RACHEL

1 Im Duschraum ist niemand außer mir. Ich stehe unter dem starken Wasserstrahl und denke nach. Vor allem rechne ich. Rechne und berechne, wer der Vater meines Babys sein könnte. Am tollsten fände ich, wenn es Assaf Sagin wäre, Oberst Assaf Sagin, Chef der Luftwaffenabteilung, Pilot und Philosoph, der es am liebsten auf allen vieren im Büro treibt, während die anderen draußen vorbeilaufen. Lieb, dieser Assaf Sagin. Bei ihm fühlte ich mich geehrt.

Wenn ich es mir leisten könnte, würde ich ihn sogar lieben, einmal weil er gut aussieht, zum Zweiten wegen dieser Verbindung von Nettigkeit und Wahnsinn und auch, weil er mich die ganze Zeit mit abartigen Ideen vollgequatscht hat, die ich nicht mal annähernd begriff. Am seltsamsten ist seine Besessenheit von der Nacht, in der er entstanden ist, das heißt, der Nacht, in der seine Eltern ihn gezeugt haben. Er will genau wissen, woran seine Mutter gedacht hat, ob sie Spaß hatte, ob sein Vater es zärtlich oder einfach so, ohne Geduld gemacht hat, ob es ihr gefallen hat. Nur auf diese Weise kann er sich sein eigenes Wesen erklären. Ich meine, sein Vater hat es wütend getan, und deshalb ist Oberst Assaf Sagin wütend auf Frauen, schmeichelt sich bei ihnen ein und behandelt sie merkwürdig. Eigentlich, wenn ich's mir recht überlege, ist er ein Scheißkerl. Und diese Noa, die jetzt mit ihm rumläuft, beneide ich kein bisschen.

Vielleicht liebe ich ihn sogar. Nicht im Ernst, mir ist klar, dass er eine Nummer zu groß für mich ist, aber manchmal baue ich gerne Luftschlösser. Sagen wir mal, wir gehen beide zur Kommandantur, er zu einer Sitzung, und ich verteile Unterlagen für irgendeinen Seminarabend, den wir organisieren, angenommen, was zum Thema der befestigten Stellungen am Suezkanal – Jahrestag des Jom-Kippur-Kriegs, irgendwas dergleichen, das Oberstleutnant Irad Schwarz bei einigen Telefongesprächen zwischen den ewigen Korrekturen seiner Doktorarbeit zusammengebastelt hat. Ich gehe schneller, nehme Tuchfühlung auf, und als ich ein paar Schritte vor ihm bin, zieht er mich am Ellbogen und flüstert mir zu, er hätte Lust, hätte sich vielleicht sogar nach mir gesehnt, oder erkundigt sich einfach nur, wie es mir geht. Aber sobald ich mir das bloß im Geist ausmale, weiß ich, dass es unmöglich ist, dass er mich einfach fickt, weil ich da bin, und mir aus ebendiesem Grund auch seine verrückten Ideen vorquasselt, denn mir bleibt ja nichts anderes übrig, als zuzuhören. Und deshalb fixiert er mich, wenn er mir zufällig auf einem Weg oder am Speisesaal oder in der Nähe meines oder seines Büros begegnet, mit seinen furchterregenden Augen, in denen zu lesen ist: Falls jemand davon erfährt, bring ich dich um.

Ich gehe raus, um das Handtuch aufzuhängen. Sehe Mosche in Zivil. Er ist gar nicht so übel. Man müsste ihm nur die Kleidung wechseln, diese karierten Hemden eines alten Rechtsanwalts, müsste seine Schlappen verbrennen, ihn in knackige Jeans stecken, den Haarschnitt ändern, den flaumigen Schnauzer abrasieren, neue Brille ... Er könnte ganz ordentlich aussehen. Dass er so ein Genie ist, ist kein Nachteil, das kann sich letztlich auszahlen. Solche Menschen haben Erfolg im Leben; solche, die wild auf Computer sind und Science-Fiction lesen.

Nett, er ist schrecklich nett. Flucht nicht, so ein Sensibler. Manchmal entschlüpft ihm ein arabisches *achla* für «super», aber bei seinem Akzent klingt das lustig-lächerlich und nicht läppisch-lächerlich. Bloß wenn er über Araber redet, gerät er in Rage. Läuft richtig puterrot an. Vor allem an Hals und Stirn. Was haben sie ihm bloß angetan, dass er so zornrot wird? Er ist ja erst vor ein paar Jahren aus Russland gekommen. Mir scheint, das wird sich auch noch regeln, man muss ihm halt ein bisschen helfen, aber nach all den nötigen Korrekturen könnte er zu mir passen, zu einer, die es im Leben zu was bringen will. Ich habe langfristige Pläne – und Geduld. Auch seinen Akzent wird er ja irgendwann verlieren. Übrig bleiben seine guten Eigenschaften: Er ist sensibel, packt im Haushalt mit an, bewahrt die Ruhe und hilft mir voranzukommen. Ich wirke beruhigend auf ihn. Er revanchiert sich.

Er kommt auf mich zu: «Urlaub heute?» Nein, nur so, bin früher gegangen, fühl mich nicht wohl. Er weiß nichts und kriegt auch nichts mit. Er kann solche Dinge unmöglich rauskriegen, und ich finde es angenehm, mit jemandem zu reden, der nichts weiß und nichts ahnt. Plötzlich scheint mir, ich könnte genauso sein wie er, überhaupt nicht schwanger. Könnte mir den Kopf über Kleiderfragen, Fahrstunden und das Problem, wie man an ein Gratispröbchen Gesichtscreme rankommt, zerbrechen. Er ist gutherzig, vielleicht einfach naiv, sieht mich, wie ich mal war, vor alldem.

2

Schon seit ein paar Tagen läuft mir eine Hündin nach. Schwarz, mittelgroß, kurzes, glänzendes Fell, stark funkelnde Augen und eine kühle, feuchte Nase. Ich hab sie mal kurz ins Zimmer gelassen, bloß um sie zu streicheln und anzusprechen, mit ihr in mein wehes Herz zu schauen. «Wo ist denn dein Halsband?», frage ich, und als sie mich anschaut, fällt mir auf, dass sie die Unterlefze schürzt und dabei klug und ausgesprochen ironisch dreinschaut. Ich entschuldige mich, hab einfach niemanden und bin schwanger, zum fünften Mal schwanger, und ich schäme mich, denn fünf Mal, das ist einmal und nochmal und nochmal und nochmal und nochmal. Das ist enorm vielmal. Und schwarz ist es mir nicht nur im Herzen und in deinem glänzenden Fell, sondern auch im Kopf. Alles erscheint mir verschwommen, körnig, wie ein alter Schwarz-Weiß-Film. Und du siehst mir auch ein bisschen einsam aus, das heißt, wie eine, die mal eine Familie und ein geordnetes Zuhause hatte, aber dumm genug war, aus freien Stücken wegzulaufen. Denn man sieht dir eindeutig deine gute Erziehung an, dein Vorleben in einem Haus mit kleinen Kindern. Du bist gar nicht verwahrlost oder abgemagert und hast sehr viel Geduld. Du hattest vergessen, wie wichtig der Heimweg ist. Als du weggelaufen bist, hast du dir nicht gedacht, wohin das führen würde.

«Du hast dir dein Leben vermasselt», sage ich zu ihr. «Ich würde mich nicht wundern, wenn in deinem Wohngebiet Zettel aushängen: Entlaufen – schwarze Mischlingshündin von einem oder höchstens zwei Jahren – Finderlohn! Unten auf dem Blatt haben die Kinder sicher ein weinendes Kind gemalt, mit einer Denkblase über dem Kopf und in der Blase etwas, das nach Ansicht der Kleinen so aussieht wie eine schwarze Hündin.»

Sie hört mir zu, versteht nicht alles, aber da ist nichts, was sie zwingen würde, sich zu schütteln oder umherzulaufen oder zu flüchten und auf meine streichelnde Hand zu verzichten. Es geht ihr gut.

«Auch mich hat man nicht aus dem Haus geworfen», erkläre ich ihr, «aber jedes Mal, wenn ich schwanger werde, kann ich nicht hinfahren. Ich kann meine Leute nicht sehen. Schon so, ohne diese Ausschabungen, fällt es mir schwer und ihnen auch. Aber nach einer Ausschabung kann ich ihnen nicht in die Augen schauen. Ich weiß nicht genau, was sie wissen und was nicht. Aber ich habe das Gefühl, ihre Gutherzigkeit auszunutzen, ich komme mir undankbar vor. Das ist das Schlimmste für mich, dass ich so beschissen bin. Ich fühl mich dort nicht mehr wohl. Ich weiß, wenn sie die geringste Ahnung hätten, würden sie mich hier sofort rausholen, aber sie erwarten auch von mir, dass ich keinen Mist baue. Sie halten mich für verantwortungsbewusst, vernünftig, für eine, um die man sich keine Sorgen zu machen braucht.

Du hast hier eine Zecke. Moment, ich hol ein Papiertaschentuch, aber das heißt nicht, dass du meine Hündin bist. Nicht so wie diese Geschichte von dem Löwen, der einmal Mitleid mit einer Maus hatte und dem die Maus dann ein Leben lang nachlief, um ihm Gutes mit Gutem zu vergelten. Ich kann dich hier nicht brauchen. Ich hab ein eigenes Kind im Bauch, und selbst das, sosehr es auch meins ist, kann und will ich nicht behalten.»

3 Er ist richtig nett, dieser Tierarzt. Ich finde es nett, ihn immer wieder zu fragen, ob er es moralisch für einwandfrei hielte, Hündinnen zu sterilisieren, noch ehe sie das erste Mal geworfen hätten. Ich mag sein geduldiges Lächeln, wenn er wieder und wieder den wesentlichen Unterschied hervorhebt, der nach seiner bescheidenen Meinung zwischen dem Erlebnis der Mutterschaft bei Tieren und Menschen besteht. «Aber trotzdem,

nicht mal eine einzige Geburt, niemals Mutter sein?», unterbreche ich ab und zu seine ruhige Rede. Ich höre ihn gern mit Hochachtung von «Mutterschaft» reden. Es tut mir gut, dass er Aufhebens um die Sterilisierung macht. Es tut mir gut, dass er das Problem versteht. Es ist wirklich keine einfache Sache, bestätigt er. Für alle Fälle bietet er mir an, es mir gründlich zu überlegen und nächste Woche wiederzukommen.

Ich brauche keine Woche abzuwarten. Ich werde sie ohnehin sterilisieren lassen. Zuerst kommen wir zur Untersuchung, um sicherzustellen, dass sie nicht schon jetzt trächtig ist, dass sie gesund ist und den Eingriff gut überstehen kann, dass Kreislauf und Atemsystem die Narkose vertragen und dass sie allgemein gut beieinander ist. Und dann werden wir operieren, vorausgesetzt natürlich, dass das meine endgültige Entscheidung ist. Die Voruntersuchung sollte ein bis zwei Tage vor dem Eingriff stattfinden, damit sie den aktuellen Zustand wiedergibt. Da ich ihm sehr unschlüssig, vielleicht sogar aufgewühlt aussehe, empfiehlt er mir, das Ganze zwei, drei Wochen aufzuschieben. Aber er bittet mich, mittlerweile gut aufzupassen, dass sie nicht trächtig wird, weil das den Eingriff sehr verkomplizieren würde.

Er versteht das Problem durchaus. Ich übernehme mit dieser Sterilisation praktisch die Verantwortung für ihr Schicksal. «Übrigens, wie heißt sie denn?» – «Rachel», antworte ich mit dem ersten Namen, der mir in den Sinn kommt, wobei mir einfällt, dass ihre biblische Namensschwester bei der Niederkunft gestorben ist. «Rachél», wiederholt er, unter Betonung der letzten Silbe, «nein, Ráchel», beharre ich auf meiner Aussprache. Die israelisch korrekte Betonung auf der zweiten Silbe wäre zu viel. Jetzt, da ich sie beim Namen genannt habe und sie mein geworden ist, wird die Operation auf den kommenden Freitag festgesetzt. Die Voruntersuchung machen wir am Mittwochnachmittag, sagen wir gegen achtzehn Uhr, und ich wusste, ich würde mich um sie kümmern.

4

In der Nacht hatte ich einen seltsamen Traum. An einem besonders frühlingshaften Samstagmorgen brachen wir, die ganze Familie, um zehn Uhr zum Picknick auf. Vater hatte einen Waldparkplatz mitten in einem schütteren Jerusalemer Gehölz gefunden, an einer Stelle, wo der Boden feucht und felsig war. Wir setzten uns an einen Holztisch mit Bänken, den der Jüdische Nationalfonds dankenswerterweise dort aufgestellt hatte. Alle sahen aus wie immer, nur ich hatte den Kopf kahl geschoren, trug ein ärmelloses, dünnes weißes Kleid und ging barfuß. Rachel trottete neben mir her, als wären wir seit jeher zusammen und als hätte ich schon immer genau so ausgesehen. Auch den anderen kam ich nicht merkwürdig vor, trotz des Neunmonatsbauchs, der mich keineswegs daran hinderte, fröhlich zu springen und im Kreis zu hüpfen. In meinem Traum gingen die Sprünge gelegentlich in leichtes, mondhaftes Schweben über. Mutter bat um einen Moment Ruhe, weil sie offiziell bekannt geben wollte, dass ich schwanger war.

Nach kurzer Stille, nicht aus Verwunderung, sondern aus Unbehagen, fanden sie nichts weiter dabei. Vater wurde etwas nervös, weil Mutter die Plastikdosen noch nicht aufgemacht hatte und er schon megascharf auf ihre Fleischbällchen war. Ich schwebte weiter um sie herum, summte mir ein Lied, und meine große Schwester Etti sagte ärgerlich, dass ich einen Fehler beginge, ich würde mir mein Leben vermasseln und aus mir würde nie was werden. Malli, meine zweite Schwester, meinte, man müsse darüber nachdenken, obwohl sie es auf den ersten Blick für eine Scheißidee halte, und mein kleiner Bruder Kobi verkündete, dass das Baby auf keinen Fall in das halbe Zimmer käme, das man durch Zubauen der Loggia für ihn geschaffen hatte. Danach entspann sich ein normales Gespräch. Mutter packte aus: Gemüse und harte Eier und eine Thermosflasche Kaffee und eine Flasche Traubensaft und Fleischbällchen und Humus und Pitas. Die sauren Gurken hatten wir zu Hause vergessen, und das war das Einzige, worauf ich Lust hatte.

Mutter machte die Runde und sorgte für alle, aber mich ignorierte sie. Nicht aus Strenge, sie behandelte mich einfach, als ob ich Luft wäre. Das war besser als Vaters Nichtachtung, bei der etwas Ärger mitschwang. Ich schwebte hingebungsvoll und hatte wegen meiner Übelkeit gar keine Lust, was zu essen. So war ich nicht beleidigt, dass ich nicht eingeladen wurde, mich mit an den Tisch zu setzen. Meine Augen blickten in die Ferne, weil ich meinte, dort, ganz weit weg, stiege eine seltsame kleine Staubwolke auf, die ständig größer wurde, und dann glaubte ich auch Hufgetrappel zu hören. Ich erstarrte in der Luft, als ich eine Horde Wikinger in Schaffellmänteln und mit gehörnten Helmen hoch zu Ross direkt auf uns zugaloppieren sah. Meine Familienangehörigen waren dermaßen mit ihren Albernheiten beschäftigt, dass keiner außer mir sie bemerkte, und sie sahen auch dann nicht auf, als ich schon spürte, wie der Anführer den Arm um meine Lenden schlang und mich mitriss, als wären ich und die schwarze Hündin in meinen Armen nichts als eine Wolke von Federn, die in dem irrsinnigen Galopp zum Meer mitwirbelten.

Mittwoch, achtzehn Uhr fünfzehn. Wir heben sie auf den Tisch. Er hilft mir. Nimmt sie mir mit der Sicherheit eines Mannes ab, der schon viele Hunde in seinen Armen gehalten hat. Er stellt sie auf den Tisch und streichelt sie beruhigend, wie schon viele andere Hunde vor ihr, alle möglichen Hunde und auch Babys und Frauen. Sie setzt sich, und er blickt ihr aufmerksam in die Pupillen, tastet ihre Lymphknoten ab, schaut ihr in den Rachen, wie einer, dessen erfahrene Hände die Probleme aller möglichen Lebewesen erfühlen können, nicht nur bei Hunden, auch bei Katzen und Hamstern und Stuten und auch bei Babys und bei Müttern. Und als sie auf dem Rücken liegt, streichelt er ihr den Bauch mit diesen Händen, die schon viele Bäuche gestreichelt haben, sogar von schwangeren

Frauen und von Kindern mit Bauchweh, und er untersucht das Becken und streckt die Hinterläufe, und meine Rachel beruhigt sich.

«Es ist alles in Ordnung, also Freitagmorgen um halb acht.» Und ich weiß, dass er letzten Endes einen Rückzieher machen wird. Wenn wir am Freitag kommen, wird er es im allerletzten Moment nicht übers Herz bringen und von der ganzen Sache abraten. Andererseits weiß ich, dass es geschehen muss, je eher, desto besser – sie sterilisieren, mich ausschaben. Ich verlasse mich auf Rachel und auf mich. Wir kommen schon durch.

5

«Für nicht ficken gibt's Hübschere», fuhr mich Oberstleutnant Schuki an. Er ist ein Typ, auf den ich einfach nicht stehe, fast vierzig Jahre und nur Oberstleutnant. Aber stimmt schon, dass ich nach der zweiten Ausschabung nicht besonders gut ausgesehen habe. Es war nur eine Nachbehandlung, denn der Abgang war auf natürlichem Weg erfolgt. Ich war mir nicht mal ganz sicher, ob es das war, aber das Regelblut sah dunkler aus als sonst und enthielt ein paar Klümpchen. Der Gynäkologe vom Sanitätskorps bestätigte, dass eine Schwangerschaft vorgelegen hatte und zur Sicherheit eine Ausschabung angezeigt sei, nur zur Ausräumung. Man solle sich lieber vorsehen, um gar nicht erst in solche Situationen zu geraten, am besten immer Verhütungsmittel benutzen.

Ich war nicht frustriert, dass er mir hinterher nicht die Spirale einsetzen wollte. Ich glaube ohnehin nicht groß an Verhütungsmittel. Ich verstehe mehr oder weniger, wie sie funktionieren, technisch gesehen, aber das ist nichts für mich. Er begreift nicht, dass jeder Körper seine eigenen Methoden hat. Ich hab den Körper für Schwangerschaften. Selbst wenn keiner mit mir schläft, werde ich ab und zu schwanger. Das ist seelisch bedingt. Ich hätte mir den Besuch bei ihm sparen können, der Abort war ja ohnehin natürlich eingetreten. So wäre alles ohne Spuren und ohne Vermerk in der Gesundheitsakte abgegangen. All diese armseligen, kleinen Tricks, mit denen man den Körper überlisten will, damit er nicht schwanger wird, kommen mir viel gefährlicher vor als die Ausschabungen. Ausschabungen gehören zum Takt des großen Plans. Alle zwei, drei Tage ist der Pulverkaffee aus, alle fünf Tage der türkische Kaffee, einmal die Woche der Süßstoff, einmal die Woche der Zucker, zweimal die Woche die Styroporbecher, einmal im Monat ist eine Packung Pappbecher fällig, einmal alle zwei Monate eine Schachtel Heftklammern, eine Packung große braune Umschläge, eine Packung normale braune Umschläge, Stunden und Formulare in der Quartiermeisterei. Wochenende zu Hause.

6 Zehn vor fünf. Das Büro ist aufgeräumt. Brigadegeneral David Kochavi: «Gibt's noch Kaffee, oder ist schon zu?» – «Für dich immer», antworte ich lächelnd und verfluche innerlich diesen Arsch, und dieser Arsch setzt sich auf den Stuhl mir gegenüber, mit türkischem Kaffee im Glas, und rührt langsam den Zucker um. «Na, wie geht's denn so?», erkundigt er sich, und ich habe keine Ahnung, ob man Michaela erwähnen sollte oder lieber nicht – es ist drei Monate her, ich habe schon die zweite Ausschabung hinter mir. Ich empfinde nicht direkt Angst, aber entschieden Unbehagen.

«Die Abende hier sind schwierig. Findest du nicht auch?» Er rührt versonnen weiter. «Ich find's eigentlich ganz nett», antworte ich, «Landesmitte, aber weit weg von zu Hause.» Ich spüre leichte Schmerzen im Unterleib, Nachwirkungen, und ich würde gern duschen und schlafen gehen. «Was ist es doch gut, jung zu sein», kichert er. Ich lächle, dann breitet sich Schweigen aus.

«Wir werden immer älter», sein Teelöffel schabt am Glas. Das macht mir Gänsehaut. «Von Jahr zu Jahr wächst der Bauch, die Glatze. In Uniform sieht man nur noch idiotisch aus.» Er lässt sich Zeit zwischen den Sätzen. Er hat die Ruhe weg. «Und ihr seid so jung und schön», endlich nimmt er den ersten Schluck, langsam und schmatzend. «Gut, der Kaffee», als hätte er ein Jahr lang keinen türkischen Kaffee mehr getrunken. «Schau mich an, ich vergammle hier, hocke da und warte auf das Ausscheiden aus dem Dienst, und was ist bis dahin? Aber mir bleibt keine andere Wahl, als dahinzualtern bis zur Verabschiedung, bis zur Beförderung, die sich hinzieht, auszuharren, bis der Generalstabschef mich nach Hause schickt.» Ein tiefer Seufzer. «Ich hätte beizeiten hier weggehen sollen. Jetzt ist es zu spät. Aber wer hätte denn früher geahnt, dass Generalstabschefs hier mal wie der letzte Dreck rumlaufen würden.

Ich hab mich geirrt, irrsinnig geirrt, wie ihr sagt. Alles in allem war ich ein Idiot. Naiv. Patriotisch. Na, und was hab ich nun davon? Die Beförderung, die man mir vor einem Jahr versprochen hat, steht noch aus. Ich stecke hier fest, als Brigadegeneral, als ewiger Nichtsnutz, wie ein Dorn im Arsch der Israelischen Verteidigungsarmee, vielleicht auch für euch ein Dorn im Arsch. Aber glaub mir, mein Leben ist auch ziemlich scheiße. Wie ein Hund sitze ich da und warte auf die Beförderung, die nicht kommen wird, das weiß ich ja selbst. Im Zivilleben hat ein Mann meines Kalibers eine hübsche Villa, fährt mit seinen Kindern zum Skilaufen, verkehrt mit Menschen seinesgleichen, Männern, denen der Anzug wie angegossen sitzt. Wie soll ich wohl in einen Anzug passen? Ich kann mich im Geist allerhöchstens noch in einer Panzerkombi sehen, soweit ich es überhaupt fertigbringe, mir etwas anderes als diese grässliche Arbeitsuniform vorzustellen.» Aus der merkwürdigen Ruhe seiner Sätze höre ich unterschwellig eine wütende persönliche Anschuldigung heraus, die über mir kreist, letzten Endes herabstoßen wird.

«Wir werden auch nicht jünger», erwidere ich, «wir wechseln einfach.» Plump, überflüssig. Seine Augen fixieren mich unverwandt, als sei ich die Alleinschuldige an der ganzen Misere. Bleierne Schwere überkommt mich. Bloß nicht einschlafen, nicht in diese Falle gehen, deren Schlingen sich langsam um mich legen. Gleich fünf. Ich will ihn nicht für sein verkorkstes Leben entschädigen, ich will zumachen und gehen.

«Verstehst du, für uns ist es schwer. Man ist hier so schutzlos wie in einem Dschungel. Man wird auf die Dauer richtig besudelt. Mein Militärdienst hat mich völlig beschmutzt. Ich weiß, dass ich scheiße bin, aber ich bin nicht schuld daran. Vielleicht ist es meine Schuld, dass ich nicht rechtzeitig gegangen bin, aber überleg mal, wo ich herkomme, wohin ich hätte zurückgehen können. Kannst du dir vorstellen, was es für mich einmal bedeutete, Offizier der israelischen Streitkräfte zu sein, ich, dessen Vater in Ramat Gan Fahrradreifen geflickt hat? Ja, ich bin ein Risiko eingegangen. Heute kann ich dir sagen: Jeder Rang über Hauptmann hinaus ist ein Abstieg. Aber wie hätte ich das wissen sollen? Damals wusste ich bloß, dass ich meine Schreibkraft heiraten und im Kibbuz leben wollte. Weiter hab ich nicht gedacht.

Und dieser Scheiß hier lässt keinen Raum für ein Leben außerhalb. Sag du mir mal: Was hab ich davon, dass ich als Tripolitaner eine Aschkenasin aus dem Kibbuz geheiratet habe? Was hab ich davon, dass wir in einem Cottage in Raanana wohnen und meine beiden Großen an der Universität studieren? Glaub mir, sie spucken auf mich. Ich habe Geld verdient, den Staat für sie beschützt, bin mit Fahrer zu Hause vorgefahren, aber sie hat sie großgezogen, es sind ihre Kinder. Ähneln mir nicht die Bohne. Aschkenasische Kinder aus gutem Hause, die beim Nachrichtendienst und beim Informations- und Pressestab gedient haben. Die Tochter studiert Jura und der Sohn Filmkunst. Stell dir das vor, mein Sohn dreht Filmchen, dieses Arschloch. Verstehst du, was ich sage?» Ich nicke und frage mich, worauf er hinauswill.

«Ihr vermasselt uns die Familie, die Kinder – diese Freude, die Menschen empfinden, die ein geregeltes Leben führen, die was erreicht haben, die eine Chance hatten, denen Zahal eine Chance gegeben hat. Oder vielleicht ist es genau umgekehrt. Vielleicht seid ihr unser Trostpreis? Das Leben ist dreckig, aber wir haben kleine Vergnügen, die andere nicht haben. Man kann Frau und Kinder vergessen und so tun, als wäre man König.

Und du musst nicht denken, ich wüsste nicht, was dir durch den Kopf geht», er hebt den Blick und nimmt einen weiteren Schluck, langsam und schlürfend. «Mir geht nichts durch den Kopf», sage ich und sehe auf der Wanduhr hinter ihm, dass es zwanzig nach fünf ist. «Du denkst sicher, du wüsstest, was ich will, aber du hast keine Ahnung. Ich weiß es ja selber nicht.» Ich höre die Stimmen der anderen Soldatinnen unterwegs zum Speisesaal, bekomme richtig Hunger. «Ich sag dir noch mehr, ich hab keine Ahnung, was ich vom Leben will, ich hab keine Ahnung, was ich von dir will, und ich hab keine Ahnung, was ich von ihr wollte», sein Blick schweift über Michaelas Porträt, dem wir bereits den sonnenverblichenen schwarzen Trauerflor abgenommen haben. «Es macht mich kaputt, dass es für nichts und wieder nichts ist. Dass ich weiß, dass das alles für nichts und wieder nichts ist, und doch ... Ich wollte ihr ja nichts antun. Es ist mir überhaupt nicht in den Sinn gekommen, glaub mir, ich habe nicht einmal dran gedacht. Was ist ihr durch den Kopf gegangen, sag du's mir, vielleicht weißt du's, vielleicht verstehst du das?

Die meiste Zeit habe ich nicht das Gefühl, dass es sein muss», er starrt auf den Kaffeesatz im Glas. «Ich brauche nichts, will nur, dass es endlich vorbei ist, mit oder ohne Beförderung. Bis ich plötzlich eine sehe, der ich nicht widerstehen kann, bei der ich ihr und mir mit Gewalt beweisen muss, dass ich ein Mann bin. Verzeih mir, vielleicht findest du das abstoßend, oder es ist schwierig für dich, aber ich kann nicht anders. Ich bin bereit, die Mädels im Auto mitzunehmen, dafür zu sorgen, dass man ihnen auf dem Stützpunkt Achtung entgegenbringt, und ich sorge wirklich für meine Mädels, aber sie müssen sich auch um mich kümmern, mich befriedigen, den Bauch und die Glatze und den Mundgeruch ignorieren. Sie müssen mich lieben. Ich weiß, es ist schon halb sechs und du willst endlich weg, aber glaub mir, ich stecke seit dreißig Jahren fest. Also noch einen Moment, noch einen Kaffee. Schwarz mit zwei Teelöffeln Zucker. Und besorg mir auch die Nummer von Katri bei der Instandsetzungszentrale und schreib sie mir auf einen Zettel.»

Ich bin gleich mit ihm fertig, werde schon zu Katri durchgestellt. «Du bist ein bisschen blass; macht nichts, du tust mir gut, beruhigst mich. Sag mal, was hast du an dir, das mich ruhig kriegt, he?» Er macht sich nicht mal die Mühe, den Telefonhörer abzudecken, während er festzustellen versucht, was er an mir so angenehm findet, alles auf Kosten meiner Freizeit und des Abendessens im Mannschaftsspeisesaal, der bald zumacht. «Katri, hier David Kochavi. Gestern hat mich Benzi von der Instandsetzung Nord angerufen und mir gesagt, er sei nicht für die Wartung meines Autos zuständig, obwohl es vom Oberkommando ausgeliehen ist ... Ja, ja, sicher, genau das habe ich ihm auch gesagt, deshalb rufe ich dich ja an, damit du ein gutes Wort für mich einlegst, ich möchte, dass die Sache umgehend geregelt wird ...»

Meine Mutter würde mir raten, mich auf nichts einzulassen. Ist ja sehr schön, dass er so mit mir spricht, aber es kommt nichts Gutes dabei heraus. Man muss es aussitzen und darf sich nicht einmischen. Soll er reden, was er will, ich gebe keine Antwort. Erstens verstehe ich nichts von diesen Dingen. Zweitens ist es schon Viertel vor sechs, und jetzt müsste ich mit meinen Kameradinnen zusammen sein, zu Kochi gehen und den neuesten Klatsch durchhecheln, die Uniform bügeln, Abendbrot essen, duschen, wie das Mädchen meines Alters tun, und mich nicht mit allen möglichen unschönen Worten und Problemen abgeben, die ich nicht verstehen kann.

7 Einmal im Jahr ist Frauenkorpstag. Ein Tag eigens für die Soldatinnen des Stützpunkts. Ein ganzer Tag, der nur uns und den Themen, die uns beschäftigen, gewidmet ist, mit den allerbesten Leuten, im Rahmen des Budgets natürlich. Von morgens an machten Re'uma und Anat die Runde durch die Büros, um die Chefs daran zu erinnern, dass wir um elf Uhr, egal was, vom Dienst befreit sind und uns im Wäldchen bei der Kantine treffen. Da Irad Schwarz noch nicht da war, legte Re'uma ihm das Rundschreiben auf den Tisch, versehen mit der Faksimileunterschrift der Frauenkorpsoffizierin beim Territorialkommando.

Um zwölf Uhr – nachdem ich die Gläser fertig gespült und die Ecke um den Samowar geputzt hatte – traf ich am Wäldchen bei der Kantine ein. Etwa zehn Mädchen hingen dort rum – von den mindestens fünfzig, die laut Befehl hätten da sein müssen. «Okay», Re'uma sah auf die Uhr, «Mädels, alle mal her zu mir. Wir fangen an. Die anderen stoßen später dazu. Wir haben ein volles Programm vor uns.» Wir schlappten müde zur Eingangsterrasse der Kantine und konnten durch die offene Tür sehen, dass der Saal mit Wimpelketten geschmückt war, von der einen Seite mit dem Abzeichen des Frauenkorps, von der anderen mit dem Staatswappen. Die Bänke waren festlich in Hufeisenform arrangiert, ganz hinten standen drei Pappstände von Kosmetikfirmen. An einem Stand lehnte ein riesiger Plastiksack mit Gratisproben.

Drei Frauen, eine ältere und zwei jüngere, alle zu stark geschminkt, rappelten sich erschöpft von einer besonders niedrigen Holzbank hoch. Die Ältere, schätzungsweise um die vierzig, blickte uns enttäuscht an, vielleicht, weil wir so wenige waren; die beiden jüngeren fixierten uns mit einem Lächeln, als wären sie rein zufällig hier.

Auch uns kam das komisch vor: dickes Make-up, spitze Stöckel, glitzerbedruckte Trikots und hautenge Jeans. Wenn diese drei Grazien Redschuan, dem Verwaltungsoffizier, unter die Augen gekommen wären, hätte das unangenehm ausgehen können, dachte ich unwillkürlich. Die Ältere stellte sich vorn in die Mitte, und wir konnten uns vor lauter freien Plätzen kaum entscheiden, wo wir uns hinsetzen sollten. «Mädels, bitte, setzt euch alle in die erste Reihe und seid ruhig, ich möchte anfangen.» Aufgemalte Augenbrauen, Lidschatten in Lila- und Rosétönen, dicke schwarze Wimperntusche, dunkles Rouge zur Betonung der Wangenknochen, blutroter Lippenstift mit Glanzeffekt und dieser Lehrerinnen-Ton.

«Bevor wir jeder Einzelnen von euch persönliche Schminkberatung und individuell abgestimmte Gratisproben geben und bevor wir jeder die Präparate empfehlen, die eigens für sie entwickelt wurden, um ihre speziellen Probleme zu behandeln – sei es Akne oder Flecken auf der Haut oder Ekzeme oder hormonell bedingte Pickel –, vor all dem möchte ich ein wenig über das Schminken im Allgemeinen sprechen. Bitte, zieht die Bank ein Stück vor, damit wir uns nahe sind. Übrigens, ich heiße Sarit, das sind Iris und Galit, und wir drei sind Schönheitsberaterinnen der Firma Revlon, von der ihr sicher alle schon gehört habt.

Vielleicht kann uns eine von euch sagen, wann, historisch gesehen, die Menschen angefangen haben, sich zu schminken?», fragte Sarit in einem Ton, der uns überraschen oder neugierig machen sollte, aber keine von uns beabsichtigte zu antworten. Kochi ging als Erste raus auf die Toilette, und ich blickte extrem konzentriert nach vorn und lauschte Alma, die unruhig neben mir saß. «Sag mal, für diesen Scheiß haben sie uns herzitiert? Vom Morgengrauen der Zivilisation an, Sarit, schon der Höhlenbewohner des Altertums», quetschte sie mit ihrer leisen und trägen Stimme heraus, unweigerlich begleitet von langsamem Kaugummikauen.

«Oh, prima, ich habe die Antwort gehört», wandte Sarit sich uns zu und schenkte Alma ein etwas übertriebenes Lächeln, das uns alle daran erinnerte, dass sie früher mal, bevor sie das Gefühl hatte, völlig auszubrennen, Lehrerin für die ersten zwei Grundschulklassen gewesen war. «Schon der Urmensch, vor Zehntausenden von Jahren. Sehr richtig, wie wir aus den Resten der Höhlenzeichnungen ersehen können, die man an verschiedenen Orten gefunden hat, auch hier bei uns, auch in den Pyramiden. Der Mensch hat sich immer bemalt, und immer zu zwei Zwecken: Tarnung und Einschüchterung. Haargenau Morgen- und Abend-Make-up.»

Re'uma gab Alma einen Wink, das Kaugummi herauszunehmen, und Sarit heftete unterdessen zwei Bilder eines wunderhübschen Models an die Wand, das rechte mit Morgen-Make-up, das linke mit etwas, das aussah wie eine Glitzermaske fürs Kostümfest. «Tarnung», Sarit legte eine Hand mit rot lackierten Nägeln auf das Morgenbild, «Einschüchterung», sie verlagerte die Hand auf das andere Poster. Die Haut ihrer Hand war gerötet und rissig, was mich traurig machte. Alma fragte mich flüsternd, wann das Ausbleiben der Periode besorgniserregend sei, ihre sei nämlich schon drei Wochen überfällig. Sarit setzte ihren Vortrag fort, und ich erkundigte mich bei Alma, ob ihre Periode sonst pünktlich käme. Alma nickte. «Dann sind drei Wochen eine ziemlich lange Verzögerung», flüsterte ich in beruhigendem Ton, «aber du musst es am besten wissen. Hast du dich in Acht genommen oder nicht?» Alma überlegte, und ich merkte, dass Re'umas einschüchternde Drohblicke uns aufs Korn genommen hatten.

«Tagsüber wollen wir uns tarnen, nicht wahr? Hübsch und gepflegt erscheinen, aber keine Aufmerksamkeit erregen. Wir möchten nicht, dass uns was bei unserer Arbeit stört», sagte Sarit, das lächelnde Gesicht Alma zugewandt. «Hör mal, ich bin ziemlich sicher, dass ich schwanger bin», flüsterte Alma mir ins Ohr. «Was heißt, ziemlich sicher, ich weiß es. Ich muss hier raus, mir ist nicht gut.»

«Alma, du handelst dir eine Meldung ein», unterbrach Re'uma ärgerlich Sarits Wortschwall und heftete ihren furchterregenden Blick für die Dauer einer Schweigeminute auf Alma. «Weißt du, Offizierin Re'uma», richtete sich Sarit plötzlich in überraschend weichem Ton, der gar nichts Grundschullehrerinnenhaftes mehr an sich hatte, an Re'uma, «wir Frauen haben manchmal solche Tage, an denen wir ruhelos sind, an denen mit uns nicht gut Kirschen essen ist, an denen wir gar nicht anders können, als verrückt zu werden.» In Re'umas Augen stand zu lesen, dass noch eine Rechnung offen war, doch sie wandte sich von Alma ab, und Sarit fuhr mit ihrem Vortrag fort.

Jetzt hörten wir alle aufmerksam zu, obwohl die Dinge etwas abartig klangen. «Letzten Endes», Sarit setzte ein versöhnliches Lächeln auf, «haben gerade die Mädels, diese vermeintlich unwichtigen Bürokräfte, die entscheidende Macht in Händen. Sie bestimmen, wie der Tag für den Boss verlaufen wird, welche Entscheidungen er treffen wird, und ich will hier keine Worte wie Krieg und Frieden in den Mund nehmen.

Das Büro mit einem strahlenden Gesicht betreten, geschmackvolle, nicht übertriebene Weiblichkeit, unter Betonung des Schönen – das bestimmt so vieles. Wenn wir korrekt gekleidet hereinkommen, mit reinem Teint, dezenter Mascara, hellem Lidschatten für die, denen es steht, Eyeliner für die anderen, zartem Lippenstift, leichtem Rouge und vor allem einem Lächeln – dann haben wir gute Chancen, unsere so wichtige und einzigartige Aufgabe beim Militär zu erfüllen. Weibliche Lebensweisheit hereinzubringen. Und jetzt los, an die Arbeit, in drei Gruppen vor den Ständen aufstellen.»

Wir erhoben uns von den Bänken. Alma ging zu Re'uma und bat, abtreten zu dürfen, aber Re'uma schrie mit lauter Stimme, die keine Widerrede zuließ, es gebe keine Freistellungen vom Frauenkorpstag, und wer störe, werde eine Meldung bekommen und abgeurteilt werden. Alma setzte sich wieder auf die Bank, wartete, bis sie bei Galit an die Reihe kam, und mir blieben noch ein paar Minuten, bis Sarit mich drannehmen würde.

Nachdem wir alle ein dezentes Morgen-Make-up erhalten hatten, erschien eine leitende Ernährungsberaterin vom Sanitätskorps und gab uns kleine Tipps, wie sich Gewichtszunahmen vermeiden ließen. Um drei Uhr waren wir schon draußen, nach einem festlichen Mittagessen, bestehend aus paniertem Schnitzel, Kartoffelsalat mit Mayonnaise, gebratenen Auberginen in Tomatensoße und zum Abschluss einer cremigen Schokoladenmousse, die Michel, der für die Mannschaftsverpflegung zuständige Koch, eigens kreiert hatte.

Schon während des Vortrags der Ernährungsberaterin klagte Alma über Übelkeit. Auf dem Weg zum Speisesaal konnte sie nicht mehr an sich halten und kotzte uns auf die Schuhe. Letzten Endes durfte sie auf ihr Zimmer.

Dritter Teil

ALMA

1 Alma hat einen stattlichen Bauch. Aber echt stattlich. Siebter Monat. Männerhemd XXL löst das Problem nicht mehr. Sie braucht Umstandskleidung. Wir haben keine Umstandskleidung in der Quartiermeisterei. Schwangere Offizierinnen gehen in Zivil, wehrpflichtige Soldatinnen gehen nach Hause. Alma ist nicht bereit, den Wehrdienst abzubrechen. Selbst eine Unterredung mit der Frauenkorpsleiterin konnte sie nicht umstimmen, da halfen auch keine Empfehlung und keine Rente und kein Mietzuschuss für zwanzig Jahre.

Alma bleibt da, lebt ihr normales Leben, abgesehen von unvermeidbaren Änderungen: befreit vom Küchendienst, befreit vom Putzdienst, regelmäßige Besuche auf der Sanitätsstation, Blut- und Urinuntersuchungen, Krankenurlaubsscheine für Ultraschall und Besuche beim Frauenarzt. Jetzt muss man passende Uniformsachen für sie finden. «Was willst du nach der Niederkunft machen?», fragt Anat, die Truppenbeauftragte für Dienstbedingungen. «Ein halbes Jahr bleibe ich mit ihm auf dem Zimmer, dann kommt es in die Krippe, und ich mach wieder meine Arbeit in der Druck- und Zeichenstelle.»

«Du hast keine Ahnung, was ein Kind bedeutet», eröffnet Re'uma ihr zweiwöchentliches Treffen mit Alma, Unterredungen zu dem Zweck, eine Lösung zu finden. «Du begreifst gar nicht, was für eine Verantwortung das ist.» Bei den ersten Gesprächen ging es noch um Ausschabung, dann um Freigabe zur Adoption. Alma lehnte beides ab. Ihrerseits bestand auch kein Grund zur vorzeitigen Entlassung. Schließlich verlangt sie von der Armee keine besonderen Vergünstigungen, nur ein wenig Entgegenkommen hinsichtlich ihrer Übernahme als Zeitsoldatin und ein paar Extras für das Kind, zumindest Spielzeug und Kleidung. Aus ihrer Sicht ist die Armee der Vater.

Wer der leibliche Vater ist, wollte Alma partout nicht verraten. Vielleicht wusste sie es nicht mit Sicherheit, vielleicht doch. Kein Einziger, weder aus dem Kreis der unteren noch der oberen Befehlsränge, verlangte Aufklärung. Wer weiß, wen es treffen würde. Und überhaupt, wenn sie's nicht sagen will, umso besser. Was kann der Vater schon helfen?

Bei uns, den rund siebzig Wehrpflichtigen, kam Familiengeist auf. Als hätten wir uns sanft von unseren Familien gelöst und hier auf dem Stützpunkt eine neue gegründet. Uns verband eine neue Liebe; wir fühlten uns als Schicksalsgemeinschaft. Wir halfen mit kleinen Dingen: brachten ihr hier mal Essen aufs Zimmer, kauften ihr dort mal ein Deo, Naturseife, einen kleinen Notizblock, sogar Bettwäsche. Stabsfeldwebel Sansuri von der Küche schickte richtige Hühnersuppe und Essen, das nicht scharf gebraten oder gewürzt war, weil das für eine Schwangere und ihr ungeborenes Kind nicht gesund ist.

Jeder, der Küchendienst hatte, musste ihm versprechen, ihr die Zigaretten wegzunehmen. Sogar Re'uma machte eine Veränderung durch. Ihr Gesichtsausdruck ließ darauf schließen, dass sie sich mit der Situation abgefunden hatte und damit zufrieden war. Sie gewöhnte sich an den Gedanken, dass wir ein Baby hatten. Eines Abends marschierte sie sogar mit einem Ratgeber für Schwangerschaft und Geburt zu Almas Zimmer.

Eigentlich blieb nur noch die Frage, wer mit Alma den Geburtsvorbereitungskurs machen sollte. «Geh, geh du, Michel, mach mit ihr Atemübungen», versuchte Sansuri den Mannschaftskoch zu überreden, mal was Neues zu erleben, und wer weiß ... Michel lehnte ab, und wir entschieden alle, dass Ilan, der Sanitäter, mitgehen sollte. Er hatte ganz gewiss nichts mit der Sache zu tun und war so erwachsen und verantwortungsbewusst, dass er sich von uns allen am besten zum Vater eignete. Vielleicht wäre er sogar bereit, mit ihr zum Kreißsaal zu gehen. Nein, nicht ganz mit rein, aber draußen warten, das Kind streicheln, in der ersten Zeit so tun «als ob» und Alma auch manchmal abends besuchen, damit sie sich nicht einsam fühlte, es nicht so schwer hatte. Denn das wäre nicht gut für sie und das Kind.

Nur die Offiziere, die Studenten der höheren Kurse, fühlten sich durch Almas Anwesenheit gestört. Es gehe nun wirklich nicht an, sei unvernünftig und nachgerade unzumutbar, dass eine wehrpflichtige Soldatin, die dreist eine Schwangerschaft von einem unbekannten Vater behalten wolle, weiterhin mit einem Riesenbauch auf einem Truppenstützpunkt herumliefe. Dies sei schließlich keine Kindertagesstätte und kein Kibbuzbabyhaus, und es handele sich auch keinesfalls um eine persönliche Angelegenheit. Wenn es nach ihnen ginge, müsste man sie rausschmeißen, schlichtweg zum Teufel jagen. Genau da beginne der Zerfall der Streitkräfte, dort, wo Soldaten nicht mehr als Soldaten funktionierten und auch noch meinten, die Armee sei für ihre persönlichen Probleme zuständig. Da fange die Verlotterung an, und wer wisse, wo das enden werde?

2 In dieser Zeit, als sich alles um Alma drehte, brachte ich eine weitere Ausschabung hinter mich. Die dritte. Ich wollte mit niemandem darüber reden. Denn gerade jetzt, als wir alle auf ein Baby warteten, erschien es mir unpassend, mit Ausschabungen zu nerven. Anat verschaffte mir einen Termin bei der Kommission, die Kommission stimmte zu, wie üblich war es Vergewaltigung und der Vater war ein Araber und es gab keine Scherereien. Nach der dritten Ausschabung folgt üblicherweise die Wehrentlassung, erklärte mir die Sozialarbeiterin. Ich musste Re'uma und Anat versprechen, dass es nicht wieder passieren würde. Ausnahmsweise und nur dieses eine Mal bestätigten mir beide mündlich, dass die Sache geregelt werde. Dafür musste ich

mehrmals mündlich und zweimal schriftlich versichern, dass es zu keiner weiteren Schwangerschaft kommen würde.

Wenn ich nach einer Ausschabung versichere, dass es nicht wieder passieren wird, dann meine ich das ehrlich. Ich kann mir nicht annähernd vorstellen, nochmal auf jemanden Lust zu bekommen oder mich überhaupt auf so was einzulassen. Wer könnte auf diesem Stützpunkt wohl ficken wollen, mitten im Sommer, wenn feiner Staub sich auf Möbeln und Kleidung ablagert, Augen und Nase reizt, in die Lungen dringt und das Essen körnig macht, sodass es zwischen den Zähnen knirscht? Wer hätte Lust, jemand anzufassen? Aber manchmal, gewissermaßen unter schweren Zeltplanen, die sich über alles breiten, kann man Körper in Bewegung sehen, unterdrückte Ächzer hören. Wie erste Regungen nach einem Bombenangriff. Wer nicht tot ist, fängt langsam an, sich zu rühren, prüft, ob die Glieder unversehrt sind, macht sich kriechend auf die Suche nach einem weiteren lebendigen Körper.

Wir teilen die künftigen Aufgaben untereinander auf. Wer kann ein Kinderbettchen, eine Wickelkommode, einen weichen Teppich, die erste Babyausstattung, Fläschchen und Schnuller und alles, was einem sonst noch in den Sinn kommt, organisieren? Jeder verspricht, am nächsten dienstfreien Wochenende zu Hause nachzufragen – so er heimfährt. Aber es fährt ja keiner heim. Keine Lust. Es wird immer weniger telefoniert. Das Zuhause rückt in die Ferne. Was dort passiert, berührt uns nicht. Hier haben wir ein Baby, das bald zur Welt kommen wird.

3 Etti, meine große Schwester, heiratet. Ich bekam eine Woche Urlaub, auf Befehl. Konnte mich gar nicht entsinnen, wann ich das letzte Mal zu Hause war. Vielleicht einmal seit dem Krankenurlaub zur ersten Ausschabung. Als sei ich seit Jahren nicht mit dem Bus von Ha-Kfar Ha-Jarok zum Busbahnhof von Rischon Lezion gefahren. Als kämen mir die Bilder vorm Fenster irgendwie bekannt vor, aber nicht aus persönlicher Anschauung.

«Na, seht mal an, wer da kommt», öffnete Vater mir die Tür in Unterhose und Trägerhemd. «Gott sei Dank, dass deine Schwester heiratet, sonst hätten wir bald noch vergessen, dass es dich gibt. Ich hätt's beinah vergessen, das kannst du mir glauben.»

«Lass sie doch, Schimon, musst du ausgerechnet jetzt wieder deine Witze machen?», kam Mutter mir entgegen, nahm mir die Tasche ab und schob mich in die Küche. Sie stellte sich vor mich hin, erst mal sehen, wie ich überhaupt aussehe. Wirklich sehr lange her, gar nicht in Ordnung. Und wenn sie das Gespür der früheren Lehrerin nicht verloren hat, dann ist auch nicht alles astrein bei dieser Geschichte. Ich sehe nicht besonders gut aus, und abgesehen von den paar Kilos, die ich zugelegt habe, und dem übertriebenen Make-up, mit dem ich, weiß der Teufel warum, herumlaufe, komme ich ihr auch zu still vor, einfach traurig. Egal, auch ohne gute Laune bin ich ihre Tochter. Kriegen wir alles hin. Aber erst mal ab unter die Dusche, die Schnitzel warten schon.

Am Nachmittag ging ich mit Malli, meiner anderen

Schwester, nicht der, die heiratet, einkaufen. Wenn wir in Rischon nichts Hübsches finden, fahren wir vielleicht nach Tel Aviv. Mutter sagt, alles, was es in Tel Aviv gibt, gibt es auch in Rischon, und alles in der Herzl-Straße. Sie hat da beispielsweise ein sehr schönes schwarzes Kleid im Kaufhaus gesehen. Halber Ärmel, knielang, gerader Schnitt. Gibt's in allen Größen. Das ist ein Seitenhieb darauf, dass ich schon bei Größe 42 angekommen bin. Was sie wohl von meinem Gewicht hielte, wenn ich ihr von den drei Ausschabungen erzählen würde? Ich habe Lust, ihr zu sagen: Sei froh, dass ich überhaupt noch auf den Beinen stehe. Würde ich schrecklich gern sagen, sag ich aber nicht.

Malli steht unter Zeitdruck. Sie hat Prüfungen in Verhaltenswissenschaften an der Universität in Beer Scheva. Wenn sie das erste Jahr mit einem Notendurchschnitt über neunzig abschließt, wechselt sie zu Psychologie an die Bar Ilan Universität und kann wieder zu Hause wohnen. Sie ist bei uns nicht nur die Klügste, sondern auch die Schönste und die Zuverlässigste und die, die sich am besten zu benehmen weiß. Aber auch Etti, meine große Schwester, die heiratet, ist in Ordnung. Sie hat ihren Abschluss in frühkindlicher Erziehung in der Tasche. Ist ganz verrückt auf Kinder. Mein kleiner Bruder, Kobi, geht in die elfte Klasse, Zweig Elektrotechnik, und Mutter drängt ihn, na was denn, habe sie nicht auch einen Ingenieur als Sohn verdient? Auch ich gelte als in Ordnung, aber es gibt keinen Beruf, der für mich zu passen scheint. Meine fünfzehn Punkte in Biologie erscheinen sehr fern.

Am Ende nahmen wir das Kleid, das Mutter empfohlen hatte. Wenn ich sowieso nicht gut aussehe, soll sie wenigstens mit dem Kleid zufrieden sein. Mir tut sie leid, weil sie nichts weiß, weil sie mich überhaupt nicht kennt, und was würde sie wohl zu unserem neuen Baby auf dem Stützpunkt sagen? Nicht mal von Michaela habe ich ihr erzählt, damit sie keine Angst bekommt, damit es ihr nicht schwer wird, damit sie nicht versucht, mit mir zu reden, denn wenn sie damit anfängt, merke ich, dass sie rein gar nichts versteht. Aber solange ich schweige und nichts erzähle, habe ich das Gefühl, etwas zu verbergen. Ich könnte ihr, sagen wir mal, erzählen, dass ich was mit Männern gehabt habe. Das würde sie bestürzen, ihr auf den Magen schlagen, ihr auch die Möglichkeit geben, sich wieder und wieder zu fragen, ob ich es wirklich wollte oder nur aus Leichtsinn getan habe und wo sie selbst versagt hat und nicht am Ball gewesen ist, und überhaupt würde diese Halbwahrheit ihr das Gefühl vermitteln, informiert zu sein.

Etti, meine Schwester, und Joav, ihr Zukünftiger, kamen zum Abendessen. Sie leben schon seit einem Monat zusammen, um es vor der Hochzeit ein bisschen auszuprobieren. Für Mutter war das schon etwas schwer, aber Vater hat ihr die Schultern massiert und gesagt, so sei das nun mal bei den jungen Leuten, und vielleicht sei es sogar besser so. Da verließe die Erste das Haus, und mit Gottes Hilfe würden auch die drei anderen bald ausfliegen, und dann wären sie wieder ein junges Paar. Würden übers Wochenende in irgendein Hotel nach Elat runterfahren, vielleicht sogar ans Tote Meer, wie sie's anfangs mal geplant hatten, denn unsere Mutter und er hätten noch viel vor.

Vater bumst seine Sekretärin, eine Schlampe von zwanzig Jahren mit gefärbtem Haar, aber klar ist das nichts Ernstes. Mutter liebt er, sie ist seine Frau, die Sekretärin ist bloß so nebenher. Aber wie man so wieder ein junges Paar wird, weiß ich nicht. Alles in allem scheint mir, dass auch ich nie wirklich erleben werde, was es heißt, ein junges Paar zu sein. Ich habe diese drei Ausschabungen, die immer zwischen mir und meinem Mann stehen werden, oder zwischen mir und meinen Kindern, wie bei diesen Müttern, die als Soldatinnen ihre Kinder zur Adoption freigeben, und mit achtzehn platzen die ihnen unversehens mitten in ihre neue Familie und verderben alles. Ich weiß, auch meine würden bei mir auftauchen, plötzlich die Geschwister meiner Kinder sein, in ihre Träume einbrechen.

4

In den verbleibenden Tagen bis zur Hochzeit fand ich schwarze Sandalen, so eine klassische Form, und bekam irgendwie halbwegs gute Laune. Am Morgen nach meiner Ankunft sah ich mir mit Etti an, wie sie und Joav ihre Wohnung eingerichtet hatten, und am Nachmittag ging ich mit Malli, um Ettis Probe-Make-up zu begutachten. Die Entscheidung fiel auf dunklen Lidschatten und hellrosa Lippenstift. Orly, die Visagistin, fragte Malli und mich, ob wir als Schwestern der Braut auch ein Probe-Make-up wollten. Malli lehnte strikt ab und hatte sogar vor, zur Hochzeit Hosen anzuziehen. Ich setzte mich auf den Stuhl vor den Spiegel.

«Sag mal, wer hat dir bloß beigebracht, dich so zu schminken?», fragte Orly, während sie mir das schwere fettig-helle Make-up abnahm. «Du siehst aus wie eine Schauspielerin in einem arabischen Film.»

«Die Visagistin von Revlon, am Frauenkorpstag», antwortete ich, bemüht, fest die Augen zuzudrücken, damit kein Gesichtswasser reinlief.

«Hör mal, du bist kein Gobelinfräulein. Du brauchst kein blassrosa Make-up. Du hast dunkle Haut. Ehrlich gesagt, brauchst du überhaupt kein Make-up. Ein bisschen Wimpern zupfen und rotbrauner Lippenstift, das reicht. Du hast einen guten Teint, bewahr dir den, er ist nur etwas fettig um die Nase.»

Als ich mich im Spiegel sah, empfand ich Freude. Das war ich mit Lippenstift. Schon lange war ich nicht mehr ich gewesen, immer nur mit dem gepflegten Äußeren rumgelaufen, das Sarit, die Visagistin von Revlon, empfohlen hatte, dezentes Make-up, Lidschatten, Lippenstift und Lächeln, aber drinnen war es leer. So leer, dass es mir gelang, nicht mal gekränkt zu sein. Jetzt, mit dem braunen Lippenstift, fühlte ich mich wohl. Nicht so puppenhaft. Andererseits war es mir unangenehm gegenüber meinen Schwestern. Ich begriff, wie dreckig ich war. Kein

Dreck, den man genießen oder abwaschen konnte, sondern was viel Schäbigeres, Unreines. Der Dreck von einer, die nicht nein sagen kann. Der Dreck eines Flittchens, einer Minderbemittelten, eines dummen Luders, einer, die nicht auf sich aufpassen kann.

Mallis Hand auf meiner Schulter und ihr Trillern vertrieben diese Gedanken. Ihr «komm, schönes Schwesterlein», das sie mir übermütig ins Ohr säuselte, holte mich wieder heim, zu meiner Familie. Ich vergaß die Armee, die Tatsache, dass ich in vier Tagen dorthin zurückkehren würde, verdrängte alles. Ich war wieder Ettis und Mallis Schwester, die einen nervenden kleinen Bruder hat, deren Mutter unsere Lehrerin in der Grundschule war, na, die da, die Dingsda.

Als wir nach Hause kamen, sagte Vater: «Oh, endlich, da sind ja meine Töchter.» Und das klang endlich froh und einladend, gab ein starkes Familiengefühl. Nicht mal Joav wollten wir dabeihaben. Wir wollten allein unter uns zu Hause sein, nur in der Familie zu Abend essen, ohne irgendwen von außerhalb. Ein Abendbrot wie früher, bevor jeder von uns anfing, anderswo zu essen. Ein großes Omelett, Salat, Oliven, Toast und Sprite. Nach dem Essen setzten wir uns vor den Fernseher. Keiner guckte die Nachrichten vor lauter Lachen über Etti, der bei der Hochzeit nichts anderes übrigbleiben würde, als Joavs Mutter zu küssen, diese boshafte Rumänin, die ihren Freundinnen sagt, Etti sei zwar in Ordnung, aber Joav habe was viel Besseres verdient.

Um halb elf klingelte das Telefon. Vater ging zum Reden in die Küche. Wir alle wussten, dass es die Wasserstoffsuperoxyd-Schlampe war. Er klang gezwungen und erstickt. Das war eine Sache zwischen Vater und Mutter, also verzogen wir uns, um nicht zu stören. Etti machte sich auf den Weg zu ihrer Wohnung, Malli setzte sich hin zum Lernen, ich ging schlafen, und Kobi verzog sich in sein halbes Zimmer auf der Loggia und hörte Heavy Metal über Kopfhörer. Mutter holte das Bügelbrett und stellte es vor den Fernseher. Als Vater mit der Schlampe fertig war, hatte Mutter ihm fünf Hemden gebügelt.

Zu Hause findet man schwer in den Schlaf. Ich schließe die Augen und sehe Michaelas Gesicht. Michaela mit dem blondierten Haar von Vaters Schlampe. Michaela auf dem vergrößerten Foto aus dem Dienstausweis. Michaela auf dem Schoß von Brigadegeneral David Kochavi. Nicht an Michaela denken. Da erklärt sie mir, wie man das Aktuellste obenauf abheftet. Da zeigt sie mir, wo es einen Notvorrat an Aktenordnern gibt. Sie hat was Freundschaftliches an sich. Macht mir ein Kompliment wegen meines Make-ups. Ihr gefällt das schwarze Kleid. Ein bisschen Diät. Für die Hochzeit ist das schon egal, aber bis zu meiner Entlassung, in einem Jahr, kann ich zehn Kilo abnehmen, richtig gut aussehen, neu beginnen. Es kommt nur darauf an, es heil zu überstehen, und das geht, sagt sie von da, wo sie jetzt ist.

5 Etti kam heulend von der Mikwe zurück. Direkt zu Mutter. Geradewegs in ihre Arme. Ein lautes und anhaltendes und tränenreiches Weinen. Kein Wort, nur ein Heulen, das in Mutters Umarmung erstickte. Auch Mutter fragte nichts, streichelte Etti nur den Rücken. Es gab da irgendein Geheimnis, das nur die beiden kannten, nichts, was mit Kerlen oder Ficks zu tun hatte, sondern eine Art privater Ekelkram, der Frauen erst mit der Hochzeit offenbar wird. Etwas, bei dem Erkundigungen sinnlos sind, weil Malli und ich es unmöglich verstehen könnten. Etwas Geheimes unter Frauen.

Malli ging wieder zum Lernen in ihr Zimmer, nicht bevor sie ein «hab dir ja gesagt, lass dich zivil trauen» losgelassen hatte. Mutter und Etti ignorierten es und betraten die Küche, ich stellte mich an die Tür. Etti setzte sich an den Tisch, und Mutter machte ihr einen Tee. Ich blieb dort stehen, obwohl sie sichtlich darauf warteten, dass ich ging. Etti beruhigte sich langsam, das heißt, gelegentlich kamen noch ein paar Schluchzer, aber keine Reden oder Nervenanfälle oder Aufschlüsse über die ganze Sache. Sie fand sich einfach hinein, in ihre neue Stellung als Ehefrau.

«So ist es nun mal, meine Süße», sagte Mutter und setzte sich Etti gegenüber, nachdem sie auch sich einen Tee gemacht und ein Tellerchen Kekse in die Mitte gestellt hatte. «So ist es, und da kann man nichts machen.» Etti fing erneut an zu schluchzen. Ich stand still da, versuchte, endlich zu begreifen, was dieses «Es» sein mochte, von dem sie sprachen. Was kann denn dort schon passieren, was kann schon so schlimm sein, dass ich es mir auch nach drei Ausschabungen noch nicht vorzustellen vermag? «Man kann nichts machen», leierte Mutter in nervendem Gemurmel und fügte hier und da hinzu: «Es gibt keine Frau ohne Mann.» Etti wischte sich die Augen, aus denen keine Tränen mehr rannen. «Es ist nicht die Mikwe», flüsterte sie mit tränenerstickter Stimme, «sondern dass das jetzt alles ist. Nicht dass es schlecht wäre», sie schnäuzte sich in das Taschentuch, das Mutter aus der Schürzentasche gezogen hatte, «aber es ist für lange Zeit. Und ich», und hier fing sie ein bisschen an zu wimmern, «ich möchte *jetzt* schon, dass er stirbt. Will's nicht wirklich, aber ein bisschen, irgendwie hoffe ich's.»

Mutter gab mir einen Wink, zu gehen. Ich setzte mich ins Wohnzimmer, um was mitzukriegen, falls sie doch noch über dieses «Es» aus dem «so ist es» reden sollten. «Du bist ein wenig in Hysterie geraten, Etti, und das ist durchaus natürlich», hörte ich meine Mutter in ihren Lehrerinnenton verfallen. «Es ist ein vielschichtiges, aber sehr, sehr frohes Ereignis.» Etti schluchzte wieder laut. «Hör zu, Etti, du weinst nicht deinetwegen. Du weinst wegen mir und wegen Vater, und es ist nicht immer so.»

Dieses «Es» klang plötzlich wie Elend, wie Sackgasse, wie Gefängnis. Es fiel mir schwer, so an das Leben meiner Eltern, an meine Mutter zu denken. «Ich hab's von Anfang an gewusst, dass es das ist und auch wieder gar nicht das», fuhr Mutter fort. «Ich habe es in Betracht gezogen.»

«Darum geht's ja, Mutter, du verstehst nicht», und als hätte sich keiner beruhigt und das Ganze bräche erneut los, «auch für mich ist es ein bisschen das und ein bisschen nicht das. Das geht allen so. Niemand in meinem Alter könnte wissen, dass es das ist. Und in dem Ganzen auf einmal eine Frau zu sein, verstehst du, eine Frau, wie sie sie dir in der Mikwe darstellen, und zu begreifen, dass dieser Ekelkram das wahre Leben ist, egal, wie es von außen aussieht, das ist so erniedrigend. Rücksicht nehmen, ihn nicht ärgern, Essen machen, Hemden bügeln, ihm alles schweigend durchgehen lassen, und man kann da nicht wieder raus. Ich will, dass er stirbt.»

Bei der Hochzeit sah man Etti nicht an, dass sie Joav den Tod wünschte. Man sah aber deutlich, dass sie seiner Mutter den Tod wünschte. Und auch meinem Vater, der auf der Hochzeit seiner Tochter dastand und mit seiner Sekretärin schäkerte, als wüssten wir nicht, dass er es mit ihr treibt. Man sah, sie hätte sich gewünscht, dass Malli, wenn schon nicht im Kleid, dann wenigstens in Rock und Bluse zu ihrer Hochzeit erschienen wäre und nicht ständig ganz so klug dahergeredet hätte. Man sah, sie wünschte sich, Mutter würde ein klein wenig glücklicher aussehen und ich würde etwas abnehmen und vielleicht sogar endlich einen Freund finden. Aber es war klar, dass Joav sie zufriedenstellte. Joav und Kobi, unseren kleineren Bruder, die fand sie beide super. Vielleicht hätte sie gewollt, dass sie etwas weniger tranken, aber wirklich nur das.

6 Letzten Endes war es schön, wieder auf dem Stützpunkt zu sein. Als wäre ich nie weg gewesen. Ich hatte ein paar Kuchenreste von der Hochzeit mitgebracht, wir breiteten ein Betttuch über den kleinen Tisch in Almas Zimmer und redeten über die Zukunft. In einer Ecke standen, mit Plastikfolie abgedeckt, die Teile des Kinderbettchens, das Kochi aus ihrem Elternhaus in Elat mitgebracht hatte. Alma war beim ersten Treffen des Geburtsvorbereitungskurses gewesen, mit Ilan natürlich. Vorerst hatten sie nur Einführungsfilme über die nötigen Vorkehrungen vor der Geburt gesehen, aber vom nächsten Mal an würden die beiden gemeinsam Atemtechniken üben, vor allem Hundehecheln. In Almas Alter zu gebären sei in körperlicher Hinsicht genau richtig, hatte die Kursleiterin gesagt und ihren und Ilans mutigen Beschluss, ein Kind auf die Welt zu bringen, sehr bewundert.

Nach Ettis Hochzeit kam mir Almas Entschluss auch sehr mutig vor. Entweder sehr mutig oder saublöd, wie man's nimmt. Unsere Regelung, dass die Armee der Vater ist, scheint viel bequemer zu sein als ein leiblicher Vater. Das verspricht Freiheit. Es gibt niemanden, bei dem man alles schweigend hinnehmen, Hemden bügeln oder nächtliches Schnarchen ertragen müsste. Man kann diesen Vater nach Belieben schlechtmachen und ist immer im Recht, und man darf ihm ohne Gewissensbisse den Tod wünschen. Man kann ihm «Scheißkerl» oder «Mistvater» ins Gesicht sagen, ohne dass jemand beleidigt wäre. Und man hat viele Freunde, denn dieses Baby gehört ein bisschen uns allen, das heißt, es ist ein Gemeinschaftsprojekt.

Wir alle wissen auch, dass es ein Junge ist, und das macht uns doppelt stolz. Erstens ein Stammhalter, und zweitens ist das hier kein Ort für Mädchen. Es gibt einigen Streit über den Namen. Ilan möchte ihn Boas oder Alon nennen, Alma findet das zu gewöhnlich, sie ist für Adam oder Liam. Sansuri hat gesagt, wenn sie das Kind nach einem der Erzväter – Abraham, Jizchak oder Jakob – nennt, macht er den Paten. Vorschläge schwirren durch den Raum. Alma notiert alles. Besonders gefallen ihr Kochis Vorschläge: Jam (Meer), Almog (Koralle) und Riff. Die Niederkunft ist in anderthalb Monaten zu erwarten, aber die Kursleiterin hat gesagt, die erste Geburt verzögere sich fast immer, und überhaupt, warum sollte das Baby sich denn beeilen. Es würde nie wieder so ein gemütliches Plätzchen haben wie in Mamas Gebärmutter.

Ich bin ein bisschen neidisch, denn Alma war vorher nie was Besonderes. Ein ganz normales Mädchen, technische Zeichnerin in der Druck- und Zeichenstelle unseres Stützpunkts, aber keine, über die es was zu sagen gegeben hätte. Nicht schön, aber lieb, nicht sonderlich gescheit, aber zuverlässig. Manchmal kann man sie nachts im Zimmer sogar mit einem Buch erwischen. Und nun stellt sich auf einmal heraus, dass sie eine Frau ist. So eine starke, beharrliche, die weiß, was sie vom Leben erwartet. Geht mit prallem Bauch und strahlendem Gesicht über den Stützpunkt, ein Inbild mütterlicher Gelassenheit, und ist dadurch wirklich wunderhübsch, als sei sie die

Mutter der ganzen Welt, eine Mutter, die mit sich selbst beschäftigt ist, ihrem Sohn eine Gebärmutter schafft, für die es keinen Ersatz gibt. In weißen Männerhemden und Khakihosen läuft sie mit viel Zeit und Geduld herum, bis sich alle daran gewöhnen, jeder in seinem Tempo.

Nachmittags wechselt sie in Zivil: enganliegende Trikothemden über der Wölbung, Nabel frei, und schlabberige Trikothosen, die ihr unter dem Bauch hängen. Ein perfekter Schwangerschaftsbauch, der alle Männer auf dem Stützpunkt, Mannschaft wie Dienstgrade, um den Verstand bringt. Ein Bauch, der jeden Mann reizt, sie zu vereinnahmen, zu sagen, sie sei sein, seinetwegen, unterstehe seiner alleinigen Verantwortung. Ein Bauch, den Alma nicht mal im Traum jemand anderem unterstellen würde. Sie wird sich von keinem sagen lassen, was sie zu tun und zu lassen hat, wird keinem schweigend nachgeben und auf keinen Rücksicht nehmen, wird keine Hemden bügeln und nicht kochen und nicht waschen. Sie und ihr Sohn, das ist ein ganz anderer Bund. Mutter und Sohn. Die gehen nicht mit jedem.

Die hohen Offiziere sind total verrückt nach ihr. Lächeln sie an, stellen väterlich fürsorgliche Fragen nach Übelkeit und Fieber und Rückenschmerzen, erkundigen sich, ob sie alles Notwendige habe, sie bräuchte nur einen Pieps von sich zu geben, und schon würden sie alles für sie regeln. Haggai, ein junger Major von der Luftwaffe, hat ihr sogar eine Wickelkommode und einen Kinderwagen versprochen, die von seinem Sohn stammten und bestens erhalten seien. Abends im Speisesaal setzen Sansuri und seine Köche ihr Extramenüs vor: frischen Salat, ein hartes Ei, zwei Scheiben Vollkorntoast und Kräutertee, den Sansuri eigens von zu Hause mitbringt. Zum Mittagessen machen sie ihr Huhn und zweimal in der Woche Leber mit Zwiebeln, damit sie genug Blut für sich und das Kind hat. Erstaunlich, dass Alma als Erste erfasst hat, dass Männer Mutterschaft lieben, dass sie für eine hübsche Frau mit Bauch alles tun. Und Alma lässt sich Zeit.

Vierter Teil

JOCHAI

1 Im Juli/August lässt der Andrang am Samowar nach. Manche fahren nach Hause, um für die Abschlussprüfungen zu lernen, andere kehren zu ihren Brigaden und Divisionen zurück, wieder andere verziehen sich für ein, zwei Stunden ans Meer. Alles ist viel ruhiger. Manchmal laden sie mich ein, mitzukommen, und manchmal hätte ich sogar Lust, aber ich habe keinen Badeanzug und will nicht, dass sie meinen Körper sehen. Ich muss erst mal vier bis fünf Kilo und die Haare an den Beinen loswerden, aber bis dahin ist der Sommer ohnehin zu Ende. Mutter hat angerufen, um zu erzählen, dass Etti schwanger ist, woraus ich entnehme, dass sie schon vor der Hochzeit schwanger war.

Alma ist es heiß im Sommer, und wir alle warten. Schwitzen furchtbar. Wir haben es schwer, und vor allem haben wir keine Geduld. Wir wollen schon, dass er rauskommt, raus mit ihm, aber er soll erst im September kommen, zu den Feiertagen, und bis dahin müssen wir uns gedulden. Tagsüber fällt die Arbeit schwer, und abends schlendern wir über den Stützpunkt. Warten und warten. Atmen die Spannung. Häufig macht man sich vorzeitig aus dem Büro davon. Auch die Chefs gehen mittags gegen zwei oder drei Uhr weg, fahren nach Hause oder liegen bis zum Abend in ihren Zimmern. Urlaubszeit. Ständig fährt jemand anders für eine Woche nach Hause. Sie kommen und gehen in einem geheimen Turnus. Die Haut spannt, die Beine schwellen, die Brüste werden größer, alles droht zu platzen.

Aber vorerst, bis das Baby endlich kommt, kriegt der Körper Lust. Lust auf Endsommerliebe. Strand bei Nacht, ein bisschen Klubs, ein bisschen Action. Was Nettes und Fröhliches, nicht bloß Ficks. Echte Sommerliebe, die im Winter in verregnete Wochenenden mit traurigen Liedern und heißer Schokolade übergehen wird. Warum nicht? Alles ist möglich. Man muss bloß dran glauben und keine dumme Kuh sein. Und das Wichtigste – Selbstbeherrschung.

In Almas Zimmer ist es langweilig. Ihr ist heiß. Sie liegt mit Kissen unter den Beinen und geschwollenen Knöcheln da, den Kopf voll neuer Gedanken, die sie am Einschlafen hindern. Sie hat noch keinen Namen fürs Baby und noch nicht die komplette Ausstattung fürs Zimmer, und sie hat keine Ahnung, ob sie stillen möchte oder nicht. Ihr Vater ist aus dem Ausland auf Besuch angereist. Ihre Mutter, die mit ihrem neuen Freund in Tivon lebt, hat ihn herbeizitiert. Schließlich wird seine Tochter bald niederkommen, und er begreift erwartungsgemäß nicht mal ansatzweise, dass er Großvater wird. Sie bemüht sich zwar, Alma bei ihren Entscheidungen nicht reinzureden, aber das geht nun doch alles entschieden zu weit. Sie hatte sich auf sie verlassen, auch kaum Zeit gehabt, sich groß den Kopf über sie zu zerbrechen, und man darf nicht vergessen, dass Alma ihrerseits nichts erzählt hat und über ein halbes Jahr nicht zu Hause war. Jetzt hat sie sich geschworen, mindestens einmal die Woche auf den Stützpunkt zu kommen, denn das ganze letzte Jahr über hatte sie ja keine Ahnung gehabt. Sie war dermaßen mit Deddi, dem Mann, auf den sie achtundvierzig Jahre lang gewartet hatte, beschäftigt, dass sie sich mit der alten Ausrede beruhigte, Alma sei mit ihren achtzehn Jahren ja groß genug. Aber was heißt achtzehn Jahre? Wer hat diesen Blödsinn erfunden? Vielleicht stimmt das für Jungen, aber für Mädchen? Bei Mädchen dauert das mindestens bis zum dreißigsten Lebensjahr. Denn die Mädchen sind es ja, die sich mit jeder Dummheit ihr Leben vertun. Männer setzen ihr Leben fort, egal welchen Schaden sie in ihrer Umgebung anrichten. Gut, jetzt lässt sich wirklich nichts mehr machen. Jetzt ist es zu spät. Jetzt bleibt nur noch, alles Nötige zu unternehmen, eine Lösung zu finden, und das kann und will sie auf keinen Fall alleine tun. Schließlich ist er nicht nur ihr Vater, sondern auch der Einzige, der begreifen kann, was ihr durch den Kopf geht.

Es ist zum Verrücktwerden. Du schickst dein Kind zum Militär, und zwar als technische Zeichnerin und nicht etwa als Kampfsoldat nach Nablus, und kriegst es hundertprozentig wehrdienstbeschädigt zurück. Ich warne sie die ganze Zeit, nicht zu trampen, und zum Schluss wird sie mir schwanger. Und es ist keine einfache Schwangerschaft, so eine, die mit Ausschabung oder Abtreibung endet, sondern eine mit Kind. Und Alma interessiert sich überhaupt nicht dafür, wer der Vater ist! Läuft wie die Dummheit persönlich auf dem Stützpunkt herum und meint, sie hätte den Arsch erfunden. Ohne Vater, ohne Ehemann, ohne Beruf, und in einem Wahn, bei dem sie selbst gar nicht versteht, was er bedeutet. Aber ich verstehe sehr gut, was er bedeutet. Er bedeutet für mich eines: dass die ganze Geschichte mit Deddi im Eimer ist. Schon fünfzehn Jahre bin ich von ihrem Vater geschieden, neunzehn Jahre lang habe ich sie allein aufgezogen, und jetzt vermasseln die beiden mir absichtlich meine letzte Chance im Leben. Jetzt wollen sie mich zwingen, in die Wohnung in Jad Elijahu zurückzukehren und meine Arbeit am Gymnasium wieder aufzunehmen, und nachher renne ich um vier Uhr mit den anderen Großmüttern in Baumwollkitteln los, um den Enkel von der Tagesstätte abzuholen. Und während wir, Großmutter und Tochter und Enkel, in der Wohnung in Jad Elijahu wohnen und ich auf ihn aufpasse, bleibt mir nur noch zu hoffen, dass meine Tochter genug Verstand haben wird, etwas Vernünftiges aus ihrem Leben zu machen – auf den rauchenden Trümmern *meines* Lebens.

2 Jochai sagt, man bräuchte sich keine Sorgen zu machen, hierzulande würde niemand verhungern. Keiner würde Almas Baby sterben lassen. Jochai sagt auch, ich müsste nicht fünf bis sechs Kilo abnehmen, könnte sogar im Bikini gehen, und die modische Überschlankheit sei wirklich, wirklich gefährlich. Jochai sagt, es mache überhaupt nichts aus, ob Etti vor der Hochzeit schwanger war oder nicht, denn Etti und Joav hätten sowieso geheiratet. Ich hab Lust, ihm von den Ausschabungen zu erzählen, nicht von dreien, von einer, aber Jochai sagt, jeder sei für sein Handeln selbst verantwortlich, und in unserem Alter könnten wir niemand anderem mehr die Schuld zuschieben, schon gar nicht den Eltern.

Jochai stammt aus Ramat Aviv. Sein Vater ist Rechtsanwalt, und seine Mutter ist zu Hause. Jochai wird auch Jura studieren. Vorerst ist er zu einer Sonderübung des Nachrichtendienstes für zwei Monate auf unseren Stützpunkt abkommandiert. Ansonsten dient er als Nachrichtenoffizier auf dem Nachbarstützpunkt. Er glaubt mir nicht, dass ich noch nie im Ausland war. Meine Familie erscheint ihm nicht gerade ideal, aber da ich intelligent sei, würde ich keine Schwierigkeiten haben, Lücken zu schließen. Ich hätte ja schon fünfzehn Punkte im Biologie-Leistungskurs. Jochai ist kein wirklich toller Typ, zwar nicht dick, aber weichlich, und das stört ihn kein bisschen. Er ist zufrieden mit seinem Körper. Bei Menschen sei nicht die Figur ausschlaggebend, sondern wie gut sie mit dem andern zusammenpassten, das heißt, inwieweit die Partner in ihrer Lebensplanung übereinstimmten. Er habe natürlich vor, Jura zu studieren. Was mich anbetrifft, sollte ich nach seiner Meinung lieber nicht auf Medizin setzen, das sei kein Beruf für Frauen. Aber vielleicht Biologielehrerin. Lehrerin sei ein wunderbarer Beruf für Frauen.

Er hat mich noch nicht angerührt. Einmal hat er mir den Blusenkragen gerichtet, als der BH-Träger hervorlugte. Sonst nichts. Wir reden nur. Hauptsächlich er. Er hat zwei Schwestern auf dem Alliance-Gymnasium. Sie lernen dort sowohl Englisch und Französisch als auch Arabisch, sodass sie mit Sicherheit zum Nachrichtendienst oder zum Informations- und Pressestab einberufen werden und nicht als einfache Bürokräfte enden, die den ganzen Tag Kaffee kochen. Die Große hat schon ihre Einberufung zur vormilitärischen Ausbildung erhalten. Was meine Schwestern denn beim Militär gemacht hätten? Einfache Bürokräfte, wie ich. Etti war es gelungen, einem Telefonistinnenkurs zu entrinnen, und Malli ging gleich zur Militärpersonalverwaltung nach Ramat Gan und kam jeden Abend um sechs Uhr nach Hause.

Jochai hatte von vornherein gewusst, dass es mit einer Elitekampftruppe nichts werden würde – wegen der Brille –, und hatte sich daher für den Nachrichtendienst entschieden, in den er auch sofort aufgenommen wurde. Beim Nachrichtendienst suche man kluge Köpfe, erklärte er mir. Eigenartig, dass ich mit zwei Schwestern im selben Zimmer aufgewachsen sei, er kann sich das physisch einfach nicht vorstellen. Bei ihm zu Hause hat jeder sein eigenes Reich. Seine Mutter behauptet, das Wichtigste im Leben sei die Privatsphäre. Meinem Bruder hat man Privatsphäre verschafft, das heißt, man hat die Loggia für ihn zugebaut, aber das war bloß, weil er ein Junge ist. Lehrerin sei der ideale Frauenberuf, auch wegen der Ferien und der Kinder. Ich sollte mir das überlegen. Mir fällt es schwer, ernsthaft darüber nachzudenken. Erst mal will ich den Wehrdienst rumkriegen, danach ein bisschen jobben und ins Ausland fahren. Aber Jochai lässt mich an alldem zweifeln. Ich erfahre, dass man die Zukunft planen muss, bevor es zu spät ist.

3

Schließlich haben wir miteinander geschlafen. Jochai findet das Verb «ficken» ordinär, außerdem drücke es überhaupt nicht das aus, was wir gemacht hätten. Es war vielleicht noch kein richtiger Liebesakt gewesen, aber wir suchten definitiv den Weg dorthin. Jochai benutzte vorsorglich ein Kondom, denn wir wollen doch nicht, dass uns jetzt ein Baby reinhüpft und alle Pläne zunichte macht. Alles zu seiner Zeit. Mir war das Kondom angenehm. Denn so haben wir es zwar gemacht, aber doch nicht wirklich getan. Er war zwar drin, aber nicht wirklich, und ich brauche mir nicht den Kopf zu zerbrechen.

Meine Mutter ist auch Lehrerin. Viele Frauen, die ich kenne, sind Lehrerinnen. Das ist tatsächlich praktisch.

Jochai und ich werden mindestens drei Kinder und eine schöne Eigentumswohnung in Ramat Aviv haben, und er wird als Partner in die Kanzlei seines Vaters einsteigen und bis spät arbeiten. Aber ich habe keine Lust. Statt einfach bloß Lehrerin zu sein, bin ich lieber einfach bloß zu Hause. Putze die Wohnung, räume alles an seinen Platz, koche leckeres Essen, kaufe manchmal was Neues, und vielleicht lerne ich etwas, nur so, nichts Praktisches. Sagen wir, Malen oder Gesang.

Jochai küsst mir den Hals. Beim ersten Mal war er ein bisschen aufgeregt, und es war kurz. Er ist froh, dass er nicht der Erste bei mir war, dass ich schon mal einen Freund hatte, und er stellt diesbezüglich keinerlei Fragen. Wir beginnen ein neues Kapitel, was war, ist gewesen. Ich weiß, mit ihm werde ich alles haben, und ich weiß, mit ihm werde ich gar nichts haben. Ich werde eine Wohnung und eine Familie und Geld haben, und alles wird geregelt sein, mit Krankenzusatzversicherung, und vielleicht werde ich auch ein eigenes kleines Auto haben, zum Supermarkt und zurück, und unsere Eltern werden Freitagabend zusammensitzen. Ich weiß, meine Eltern wären beruhigt, und ich würde sie so gern beruhigen. Vielleicht würde Vater dann seiner Sekretärin den Laufpass geben, weil es ihm gegenüber Jochais Familie unangenehm wäre, und Mutter würde ihn wieder lieben, oder eigentlich erst damit anfangen, und die beiden könnten ihre verbleibenden Jahre wie ein junges Paar verbringen, und das wäre ihr letztes Wort. Ich möchte wirklich nicht stören. Ich möchte, dass alle es gut haben, alle zufrieden sind, selbst wenn es mir deswegen etwas weniger gut geht. Ich darf nicht nur an mich, für mich denken. Ich habe Lust, eine Frau zu sein, die ohne besondere Merkmale auf der Straße herumläuft, ohne Hinweise auf das Drinnen, denn ich werde Jochai nie lieben können und werde es auch niemals fertigbringen, ihm von meinen drei Ausschabungen zu erzählen und von den Gedanken, die sie mir spätnachts bescheren, und auf keinen Fall will ich, dass man es mir äußerlich ansieht.

In Almas Zimmer tut sich was. «Zieh dich an», sage ich zu Jochai. «Ich glaube, sie bringen Alma ins Krankenhaus.» Ich höre die Stimme von Sansuri und die von Ilan, der ihn beruhigt, und die Bitten von Alma, die meint, diese Schmerzen seien Wehen und es sei so weit. Es folgt eine kurze Diskussion, wer fährt. Sansuri besteht darauf, das Steuer zu übernehmen und mitzukommen. Er ist hier der Großvater. Die Lichter gehen an, aber nur Kochi kommt halbnackt aus dem Zimmer. «Na, zieht schon los, und vergesst nicht die Tasche für den Kreißsaal.»

«Uhuuu», brüllt Kochi im Gang, als der Wagen abfährt. Die Mädchen treten aus ihren Zimmern. Ich bitte Jochai, leise durchs Fenster abzuhauen, halte die Hand auf die Klinke, aber Jochai ist nicht bereit, aus Fenstern zu klettern. Wir bräuchten uns für nichts zu schämen. «Mensch, Jochai, mach jetzt keine Geschichten», und er dreht sich widerwillig um und schlängelt sich schwerfällig hinaus, mit saurer Miene.

«Man muss ihrer Mutter Bescheid sagen und Anat und

Re'uma, und danach sehen wir weiter.» Gila, Bürokraft bei der Schirrmeisterei und ziemlich neu auf dem Stützpunkt, rät Kochi, etwas abzuwarten. Noch gebe es nichts zu melden, vielleicht sei es falscher Alarm. Sie schlägt vor, jemanden zum Wohnbereich der Jungs zu schicken, um sie zu wecken. Wir sollten lieber gemeinsam warten. Ich hole eine Packung Waffeln, die ich immer im Spind liegen habe, und Gila bringt eine Tüte Salzkringel und von ihrer Mutter selbstgebackene Plätzchen. Die Jungs trudeln einer nach dem anderen ein, in Trainingshosen, T-Shirts, Shorts und Pantoffeln. Jochai ist auch dabei. Ich ignoriere ihn.

Matratzen werden in den Gang geschleift, Kissen, Cola-Flaschen, Pappbecher herbeigeschafft. Kochi erteilt Anweisungen. Es ist erst halb zwölf, aber um uns herum ist alles verlassen und dunkel und schlaftrunken. «Hu, ich werd verrückt», kreischt Kochi nervös. «Kein Problem», sagt Schimi, «sobald Sansuri aus dem Beilinson-Krankenhaus zurückkommt, fährt er dich in die Schalwata-Nervenklinik.» Alle lachen. «Eins ist sicher – Ilan ist schon umgekippt», fügt er hinzu. «Wieso umgekippt», schreit Gila, «die sind doch erst vor einer halben Stunde losgefahren.»

«Also, wann erfahren wir denn endlich was», quengelt Liat, die Sekretärin von Redschuan, dem Verwaltungsoffizier. Sie ist eine schreckliche Nervensäge. Auch wenn man sich die endgültige Bestätigung eines Urlaubsscheins bei ihr abholen möchte, braucht sie eine Stunde, bis sie die rausrückt. Alles will sie wissen. Warum gerade jetzt, und ob ich schon einen Freund hätte, und ob Michaela bei ihrem Selbstmord schwanger gewesen sei, und na, was würde ich denn dazu sagen, wie Talila es fertiggebracht hat, diesen Jair Dagan aufs Kreuz zu legen, wo er doch gar nicht in dem Ruf stand, sich auf so was einzulassen.

Von Brigadegeneral Jair Dagan, dem Leiter der Hochschule, und seiner Sekretärin Talila hatte ich gar nichts gewusst. Ich war überrascht. Er sah wirklich aus, als sei er über all das erhaben. Hätte allerhöchstens mal was mit höheren Offizierinnen, vielleicht mit der Frauenkorpsleiterin. Aber Talila ist eine echte Sexbombe. Das lässt sich nicht leugnen. Und wenn sie nicht bei ihm festsäße, wäre sie sicher Model oder Schönheitskönigin. Vielleicht hat man sie ihm zugeteilt, weil er von der Luftwaffe kommt. Jetzt fangen alle an, über die beiden zu reden. Eli, der Fahrer von Brigadegeneral Dagan, erzählt, sie würden freiweg in die Stadt fahren, und es sei ihm total egal, ob man sie zusammen sieht, da er der Familie keine Rechenschaft schulde. Ami, der früher mal Dagans Fahrer war, ist schon wehrentlassen. Wenn ich mir Jochai anschaue und an Ami denke, der mich zum ersten Mal schwanger gemacht hat, dann meine ich, ich würde ihn das jetzt genau nochmal tun lassen. Was er jetzt wohl so macht?

Jochai fängt meinen Blick auf und steigt in die allgemeine Diskussion ein. Almas Schwangerschaft sei einfach eine kindische Dummheit. Wir bräuchten uns über die ganze Affäre nicht aufzuregen, denn Alma werde mit dem Baby nicht auf den Stützpunkt zurückkehren. Schon im Krankenhaus werde das Neugeborene zur Adoption freigegeben. Unser Staat gehe nicht leichtsinnig mit Kindern um und sei sich seiner Verantwortung in solchen Fällen voll bewusst. Vielleicht fänden wir es ja niedlich, wenn hier ein Baby auf dem Stützpunkt rumkrabbeln würde, aber jeder, der Augen im Kopf habe – und dabei fixiert er mich –, wisse schließlich, dass Alma keineswegs reif sei, ein Kind großzuziehen, sie sei nicht mal fähig, seine elementarsten Bedürfnisse zu erfüllen, von seiner Erziehung ganz zu schweigen. Kochi versucht dagegenzuhalten, wo er denn seine Weisheit herhätte, aber er schaut wieder mich an, spricht in Wirklichkeit vielleicht nur zu mir, und rät uns allen, uns abzuregen, denn sein Vater sei Rechtsanwalt und er wisse haargenau, wovon er spreche und was gemeint sei, wenn es um das «Kindeswohl» gehe.

Ein Scheißkerl, dieser Jochai, so verantwortungsbewusst, aber scheiße. Vielleicht sammeln wir alle Geld? Vielleicht wird Almas Mutter, die hier im letzten Monat recht oft zu Besuch war, helfen? Vielleicht werden Re'uma und Anat was managen? Gerade Liat, Redschuans Sekretärin, sagt zu Jochai, es sei nichts gewiss. In unserem Staat würde man Müttern keine Kinder entreißen, schon gar nicht, wenn diese Mütter achtzehn Jahre alt seien. Ausgerechnet Liat, diese Nervensäge, verleiht uns Sicherheit, schenkt uns das Gefühl, dass wir nicht allein sind, dass niemand uns das Baby wegnimmt und keiner uns den Mund verbieten kann. Aber die gute Laune ist dahin. Nach und nach bringen wir die Matratzen in die Zimmer zurück, sammeln den Abfall auf, und Kochi fegt kurz durch, damit es am Morgen halbwegs zivilisiert aussieht.

4 Zwei Tage lang hörten wir gar nichts. Ilan kehrte auf den Stützpunkt zurück und berichtete gleichgültig, Almas Mutter habe die Sache in die Hand genommen. Alma habe eine leichte Geburt gehabt, das Baby heiße Amit, und um die Beschneidung wolle man kein großes Aufhebens machen. Vorerst werde Alma in Tivon bleiben. Mit einem Schlag war bei uns die Luft raus. Wo hatte man unser Baby hingebracht? Wir hakten nicht nach, sahen ein, dass das idiotisch war, aber im Herzen fragten wir doch, und wie. Was heißt hier Amit und wieso denn Tivon, warum ruft Alma nicht an, und was ist mit all den Sachen, die wir gesammelt, und mit dem Geschenk, das wir gekauft, und mit dem Zimmer fürs Baby, das wir neben ihrem Zimmer eingerichtet haben?

Der Stützpunkt leerte sich vollends zu den Feiertagen, und da es keinen Sinn hatte, auf das Baby zu warten, fuhren auch wir auf Urlaub nach Hause. Die Chefs hatten ohnehin Brücken von einem Feiertag zum anderen gebaut. Das Festessen am Vorabend von Rosch Haschana und an Rosch Haschana und am Ausgang von Rosch Haschana und die Mahlzeit vor Fastenbeginn am Jom Kippur und das Abendessen nach Fastenende und dann die Mahlzeiten in der Laubhütte unten im Hof mit den Nachbarn aus dem Haus – ich nahm rund fünf Kilo zu. Etti ließ sich kaum blicken. Wie sich herausstellte, können Vater und Mutter nicht so gut mit Joav oder, genauer gesagt, mit seiner Mutter. Sie will gleich eine Wohnung kaufen. Na, auch wenn Etti schon schwanger ist – kann man denn nicht ein paar Jahre zur Miete wohnen? Sie werden hundert bis zweihundert Dollar zur Miete beisteuern, aber einfach so, von heute auf morgen, eine Wohnung kaufen? Vater scheint sich all dieser Probleme zum ersten Mal bewusst zu werden. Das heißt, er erfasst wohl erstmals, dass es seine Tochter ist, die da geheiratet hat, was mehr Kosten bedeutet und nicht weniger. Bürgschaft für eine Hypothek kommt jedenfalls nicht in Frage.

Wenn Etti doch mal reinschaut, kommt sie allein, ohne Joav. Das scheint sich zu einem ernsten Konflikt auszuwachsen. Sie hat furchtbare Brechanfälle, obwohl sie schon im vierten Monat ist, und hält es auch kaum bei Vater und Mutter aus. Sie findet deren Verhalten richtig demütigend, als sei sie eine Belastung, als sei sie an dieser Schwangerschaft schuld, als hätten sie sie loswerden wollen und das sei nun misslungen. Sie schämt sich echt gegenüber Joavs Mutter, die ihr Leben lang für ihn gespart und etwas auf die hohe Kante gelegt hat, damit er mal was für eine Wohnung hat. Aber Vater – statt für seine Kinder zu sparen, verschleudert er alles für diese blonde Schlampe. Man hat sie sogar schon zusammen gesehen, Leute, die Etti kennt, und die haben es ihr gleich brühwarm erzählt, denn mit solchen Nachrichten hält man nicht hinterm Berg. Vater ist verrückt nach dieser Schlampe, und es ist nur noch eine Frage von Wochen, dass er auszieht. Die Einzige, die nicht begreift, was hier abläuft, ist Mutter. Also ist es vielleicht wirklich an der Zeit, sie aufzurütteln. Hallo, Süße, vielleicht wird es Zeit, dass du wenigstens mal einen Antrag beim Rabbinatsgericht einreichst?

Malli unterbrach sie genau an diesem Punkt. Wenn Etti Mutter etwas verriete, werde sie, Malli, Etti persönlich um die Ecke bringen. Sie und diesen Störenfried, der ihr im Bauch stecke, mit oder ohne Hypothek. Etti heulte und ging.

All diese Dinge über Kinder weiß Alma noch nicht, aber Jochai weiß sie sehr gut. Er plant vor, ist wohlorganisiert, hat das Leben im Griff. Was macht es da, dass er kleine weißliche Hände hat und insgesamt etwas weichlich ist? Joav ist auch so, aber seine Mutter hat auf eine Wohnung für ihn gespart. Und unser Vater, der in den Augen seiner Altersgenossinnen immer noch als scharfer Typ gilt, ohne den kleinsten Bauchansatz, wirklich ein guter Kumpel – was haben wir von dem? Vielleicht rufe ich Jochai auf dem Stützpunkt an.

Ich erzähle Jochai gern was. Ich mag sein entrüstetes Schnalzen, das nur, weil er mich liebt, so einen fürsorglichen Beiklang hat, wie das Hü der Kutscher, wenn sie einen Karren aus dem Dreck ziehen. Es ist ja nicht der Kutscher, der sich anstrengen muss. Ich muss mich anstrengen, aber dieses Hü ist wichtig. Und sein Hü bewirkt was bei mir. Ich würde ihn gern an meiner Seite haben. Ich weiß, dass mit ihm alles gelingt. Vielleicht wird diese perfekte Liebe all die Ausschabungen auslöschen? Vielleicht schaffe ich es, sie tief, tief zu begraben, sodass ich einen Freund hab und fertig?

5 Brigadegeneral Jair Dagan ist zu Hause ausgezogen. Wir waren am Boden zerstört. Es war unglaublich: Wegen seiner Sekretärin gibt er seine Frau, die beiden Söhne, das Haus in Hofit und sein ganzes früheres Leben auf? Als ich ihm auf dem Stützpunkt begegnete, kam er mir armselig vor. Was ist denn mit dir los, kannst du nicht Ehefrau und Geliebte nebeneinander halten, wie alle anderen auch? Bist du ein Filmheld, der gleich hinrennt, um alles zu beichten, und dann seine Sachen packt und sich eine Wohnung in Tel Aviv mietet? Obwohl er versucht, Haltung zu bewahren, wirkt er neben Talila erst recht wie ein Vollidiot. Ein Mann ohne Statur, ohne Macht, ein Schönling, dessen Zeit vorüber ist.

Aber auch sie kann einem leidtun. Stolziert herum, als hätte sie einen Besen verschluckt, als würden wir sie gleich mit faulen Tomaten bewerfen. Wir sind auf deiner Seite, Süße, wir hassen dich nicht. Du hast einen Fehler begangen, aber du kannst da noch wieder raus. Er hat keinen Humor, da steckt das Problem, kann als Luftwaffenmann nicht mit Halbheiten leben – entweder alles oder nichts. Wenn du nett wärst, hätten wir, die alten Häsinnen vom Stützpunkt, dir was erzählt, aber du gehst ja jeden Tag nach Hause und bist von Turnusdiensten befreit. Was hast du denn anderes erwartet? Re'uma und Anat haben sich in diese heikle Affäre nicht eingemischt, aus Respekt und auch, weil Talila augenscheinlich nicht richtig zu uns gehört. Bei einer derartigen Sexbombe in Uniform ist klar, dass die Männer der höchsten Dienstgrade sich um sie kümmern.

Jochai hielt meine Einstellung für defätistisch. Was heißt, Ehefrau und Geliebte nebeneinander halten? Sein Vater könnte mit Leichtigkeit Ehefrau und fünf Geliebte halten, aber er will einfach nicht. Er, Jochai, meint, man hätte mir hier auf dem Stützpunkt den Kopf verdreht. Deshalb kämen mir alle möglichen abartigen Dinge ganz natürlich vor. Er ist kein Beduine, und selbst wenn er dürfte, würde er keine vier Frauen heiraten. Diese ganze Geschichte, er als Mann sei auf nichts anderes aus, als seinen Samen auszustreuen, sei totaler Schwachsinn. Einfach totaler Schwachsinn. Er möchte mit einer einzigen Frau zusammenleben, die seine beste Freundin ist und der er nichts vorzulügen braucht.

«Die Sache ist bloß die», platzte ich in seinen Redeschwall, «dass deine beste Freundin immer die sein wird, die bereit ist, haargenau das zu tun, was du möchtest. Aber ich, ich möchte nicht Lehrerin werden. Ich habe fünfzehn Punkte im Biologie-Leistungskurs und möchte Ärztin werden. Ich will überhaupt keine Kinder haben und auch nicht deine Eltern am Freitag-Samstag. Ich will keine große Frau sein, die nur, weil sie derart groß ist, sich so viele Kinder anschaffen kann, wie sie möchte, und eine Kinderfrau dazu. Ich will nicht so sein wie deine Mutter. Ich möchte Ärztin werden. Meine Mutter hätte auch lieber, dass ich Lehrerin werde und mir jemandem zum Heiraten suche und eine Wohnung ohne Hypothek kaufe, denn meine Mutter möchte, dass ich es möglichst leicht habe, aber ich möchte, dass es möglichst spannend ist. Selbst wenn spannend schwierig bedeutet. Du willst es auch leicht haben, wie alle. Aber ich will nicht so wie alle. Ich will was anderes.»

Alma kehrte mit Baby Amit auf den Stützpunkt zurück. Unsere Liebe war nicht mehr da. Wir hatten in den letzten Monaten zu viel erlebt und waren plötzlich nicht mehr sicher, ob wir ein Baby haben wollten. Ein neuer Jahrgang Studenten war eingetroffen. Ich konnte sie nicht auseinanderhalten. Ich liebte Jochai nicht, aber ich dachte an eigene Babys. Dachte, wie viel Spaß wir dann hätten in unseren eigenen vier Wänden, in der Wohnung in Ramat Aviv, mit Kindern, alles tipptopp geregelt und aufgeräumt. Und ich sah ihn und mich gemeinsam auf der Couch sitzen, in Fotoalben aus der Zeit blättern, als Ronny und Dana, unsere Töchter, noch klein waren, es bestand ja nur wenig Altersunterschied zwischen ihnen, und wie groß sie jetzt schon sind und wie sie mir helfen, Juval, ihren kleinen Bruder, in der Wanne zu baden. Und ich sah mich wie meine Mutter, aber sehr glücklich, mit einem kleinen Auto, mit Einkäufen im Supermarkt und Terminen bei der Schneiderin und der Kosmetikerin. Aber anders als meine Mutter kochte ich nicht, und Feste feierten wir im Restaurant.

6 Wir waren uns einig, dass es am besten wäre, wenn Alma wegginge. Am besten für sie und am besten fürs Kind. Am besten, sie wohnte wieder mit ihrer Mutter in der Wohnung in Jad Elijahu, suchte sich einen Job, und ihre Mutter half ihr bei der Babypflege. Wir versprachen, jeden Freitagabend zum Essen zu kommen, mindestens zu zweit, damit das Kind spürt, dass es eine große Familie hat. Auch ich sehe meinen Vater einmal im Monat beim Freitagabendessen. Ilan versprach, öfter zu kommen. In der Woche, die Alma auf dem Stützpunkt verbrachte und sich wieder einzuleben versuchte, war er ohnehin jeden Abend bei ihr. Dann würde er sie jetzt halt regelmäßig zu Hause besuchen, nicht nur fürs Kind, auch, um sich selbst was Gutes zu tun. Wir halfen Alma, alles einzupacken: Kinderbett, Wickelkommode, Laufställchen, Decken und Kleidung und zwei Fahrräder, die Amiram von der Schirrmeisterei beschafft hatte, fürs Kind, wenn's mal größer ist, eins mit Hilfsrädern und eins ohne. Wir arbeiteten traurig, aber sehr erleichtert. Packten alles zusammen und wickelten es gut in Plastikfolie ein, damit keine Kratzer drankamen. Also wirklich, ein Kind hätte uns hier jetzt gerade noch gefehlt.

Ein neuer Jahrgang ist eine neue Gelegenheit, die Fehler zu vermeiden, die man beim vorigen gemacht hat. Vorerst halte ich durch. Lass mich nicht ausnutzen. Schluss mit Kaffeetrinken aus Tassen und Gläsern, am Eingang streift man sich die Schuhe ab, wer was verschüttet, wischt es auf. Auch Oberstleutnant Irad Schwarz ist zufrieden, ich habe mehr Zeit, ihm seine Doktorarbeit zu tippen. Letzte Woche haben sie ihn tagelang für eine Fernseh-Doku gefilmt, irgendwas über den Sinaifeldzug. Jetzt kommt er sich vor wie ein halber Generalstabschef, läuft noch Stunden nach den Aufnahmen mit der Schminke im Gesicht herum. Und nun, nach dem Film, der in ein bis zwei Monaten fertig sein soll, geht er auch entspannter mit den hohen Offizieren um, die zu ihm kommen, weil sie vor dem Ausscheiden aus dem Dienstverhältnis noch ihren zweiten Abschluss bei uns machen wollen. Er schindet Eindruck mit seinen Kursanrechnungstabellen, wahren Rechenkunststücken, die selbst die Leute an der Tel Aviver Uni dermaßen faszinieren, dass sie einen Fallschirmspringerkurs als Proseminar anerkennen. Eine gesegnete Zeit.

Jochai stärkt mich. Dass er so selbstverständlich da ist, völlig präsent, beruhigt mich. Ich komme mir schöner vor. Ich meine, anderen fällt es auch auf. Ich habe aufgehört, mich zu schminken, nicht mal Lippenstift, und meine Haut erholt sich richtig. Ich habe etwa drei Kilo abgenommen. Sehe wirklich nicht mehr dick aus. Manche Studenten drehen sich sogar nach mir um. «Ich habe einen Freund», sage ich jedem, der es hören will, oder wahlweise: «Wenn doch mein Freund auch so denken würde», «mein Freund hat das auch gekauft», «mein Freund ist mehr für ...», «mein Freund». Ich sage wahnsinnig gern «mein Freund», obwohl man bei seinem Anblick schon merkt, dass er nicht gerade Mel Gibson ist.

Diesen Monat ist das Eröffnungsmanöver: die grüne Armee gegen die lila Armee, sie kämpfen im Sandkasten und auf einer plastikbeschichteten Landkarte. Die Studenten laufen total engagiert bis vier oder fünf Uhr morgens herum. Versetzen Pfeile, machen Rollenspiele und bitten um Gefälligkeiten. «Sei so nett und kopier mir das zweihundertmal. In der Druck- und Zeichenstelle muss man bis morgen früh anstehen.» – «Ich würde es ja gern tun, aber ich kann wirklich nicht», lasse ich einen blonden Major von der Panzertruppe abblitzen, eigentlich ziemlich nett, der Typ. Er fragt, ob man mich mit irgendwas umstimmen könnte. «Fällt mir jetzt gerade nichts ein», sage ich hinhaltend. «Okay», er dreht ab und geht.

Einfach so, mitten im Ritual, ohne zu betteln, ohne nett zu tun – starker Typ. Jetzt werde ich mir jedes Mal, wenn ich ihn sehe, wie eine Idiotin vorkommen. Warum musste ich ausgerechnet bei ihm anfangen, hart zu bleiben? Es ist doch ohnehin halb fünf, das Büro ist ohnehin leer, ich hab ohnehin Zeit. Das ist das Problem, ich gehe immer vor den Unverschämten in die Knie, vor denen, die erst einen Kaffee und dann einen wegstecken und ihre Arbeiten getippt haben wollen. Ich verfange mich in einem Netz von Zumutungen und in der panischen Angst, dass andere das mitkriegen. Er dagegen macht mich echt neugierig. Ich würde gern ein paar Sätze mit ihm wechseln. Er scheint mir auch keineswegs der Typ zu sein, der tagein, tagaus seine Zukunft plant, wie Jochai und seine besonnene Familie. Warum der Sache keine Chance geben? Ich darf ab und zu meine Gefühle überprüfen. Schließlich bin ich noch nicht mal zwanzig Jahre alt. Ich meine, ein paar Worte mit ihm reden oder ihn einfach auf einen

Kaffee ins Büro einladen kann doch kein so großes Verbrechen sein. Auch ihn kennenlernen wollen ist legitim. Nur kennenlernen, nicht mehr als das, obwohl er blendend aussieht – und ich daher schon meine Hintergedanken habe. Aber selbst wenn, dann passiert es erst viel später, nachdem ich schon mit Sicherheit weiß, ob ich Jochai heirate oder nicht.

Und seither schaue ich mir die Studenten immer gut an, und wenn eine Gruppe irgendwo auf einem Weg zusammensteht oder ein Trupp auf dem Rasen oder vor der Kantine oder im Speisesaal oder bei den Offiziersunterkünften sitzt, mustere ich sie genau, suche nach ihm. Bleibe nicht richtig stehen, sage nicht mal guten Tag, suche ihn einfach mit den Augen. Ich würde ihn gern erspähen. Zweimal sah ich ihn, und er hat nicht hergeguckt, mich gar nicht beachtet. Was wäre denn dabeigewesen, ihm beliebig viele Kopien zu machen?

«Unsinn», lacht mich Michaela auf ihrem Foto an der Wand an. «Das geht vorüber, du wirst dich in einen anderen vergucken, sagen wir, einen tollen Oberstleutnant von den Fallschirmjägern, und die ganze Sache vergessen. Und wenn nicht, dann werdet ihr euch schon noch wiedertreffen, und alles regelt sich.» Das Schwarz-Weiß errötet. Als wüsste sie gar nicht mehr, dass sie sich gerade deshalb eine Kugel in den Kopf gejagt hat, weil sich nichts wirklich regelt, weil alles, was nicht passieren sollte, passiert, und alles, was man gern passieren sähe, unterwegs in die Binsen geht. Ihrem Erröten nach könnte man sie einfach für eine schüchterne Soldatin halten, die im Leben noch keinen Schwanz gesehen und nur romantischen Firlefanz im Kopf hat. Es wäre nett, wenn wir hier zusammen im Büro wären.

Ich konzentriere mich auf die Blätter, die mit langen, schwierigen Worten in Oberstleutnant Irad Schwarz' gedrängter Handschrift vollgeschrieben sind, und weiß, wenn ich ihr Foto wieder anschaue, werde ich haargenau denselben Schwachsinn noch einmal zu hören bekommen. So ist das, bei ihr ist die ganze Selbstmordgeschichte ausgelöscht. Bei meiner Entlassung werde ich ihr Bild mitnehmen. Damit ich, wo immer ich dann sein werde, sie mir stets anschauen und mir den Quatsch von einer anhören kann, die sich ihre Naivität bewahrt hat.

Fünfter Teil

BRIGADEGENERAL DAVID KOCHAVI

1 Am Donnerstag stand ich mit Jochai an der Anhalterstation. Wir wollten ins Kino. Natürlich hielt ausgerechnet der Major von der Panzertruppe mit seinem Dienst-Renault für uns an. Jochai fragte durchs Fenster, ob er in die Tel Aviver Stadtmitte fahre. Ich dachte, hoffentlich nicht, aber er sagte, klar, schiebt nur die Tasche hinten beiseite, damit ihr's bequem habt. Er musterte uns im Innenspiegel und fragte, ob wir in der Gegend dienten. Jochai bejahte, beim Nachrichtendienst. «Und du?», fragte er lächelnd. Als hätte er mich noch nie gesehen, und langsam ging mir auf, dass er sich tatsächlich nicht erinnerte. Das hasse ich am meisten. Dass ich Dramen erfinde, und zum Schluss weiß der andere gar nicht, wovon ich rede. Ich versuchte, mich klein zu machen. Er erkannte mich wirklich nicht wieder. Wir stiegen am Rathaus aus, von hier kämen wir schon zurecht. Jochai kennt sich in Tel Aviv bestens aus.

Der Film handelte von einem amerikanischen Journalisten, der nach Afrika reist und entführt wird. In Gefangenschaft ändert er natürlich seine Meinung und sieht die Dinge jetzt eher aus Sicht der Schwarzen. Dabei hilft ihm eine bombige schwarze Kidnapperin, die Reden aus dem Afrikanischen Nationalkongress deklamiert. Ich war ziemlich erregt, als sie schließlich miteinander schliefen. Schön, dieses Schwarz-Weiß. Schön, dass gerade die Frau schwarz ist und nicht der Journalist. Ich würde unbändig gern seine zupackenden Hände auf mir spüren. Mit Jochai klappt diese Phantasie nicht, seine Hände sind so klein und weich. Darauf hab ich keine Lust. Es ärgert mich, dass er überhaupt da ist, neben mir, sich erkundigt, worauf ich jetzt Lust hätte, nach dem Film. Ich schlage Falafel und Pizza aus. Es kommt nur ein Café in Frage, das wirklich super ist. Jochai findet, dass ich ein bisschen komisch aussehe.

Man sollte den Stützpunkt nicht verlassen. Filme verdrehen einem bloß den Kopf. Bei mir ist es immer das Gleiche – je kitschiger der Film, desto mehr glaube ich dran. Ich will zurück zum Stützpunkt. Verglichen mit der Stadt, scheint er mir voller Möglichkeiten zu stecken. Dort kann mir alles passieren. Man darf alles machen: weggehen, wiederkommen, ficken, ausschaben, gebären, aus dem Dienst ausscheiden. Eine Insel der unbegrenzten Möglichkeiten. Wir leben in einer kleinen Blase Gottes. Einer Seifenblase, die er zu seinem Vergnügen hat fliegen lassen. Wir verstricken uns, zappeln und kommen wieder frei. Nichts geschieht wirklich. Es ist ein Traum, der zwei Jahre dauert. Ein einmaliges Geschenk, das es einem erlaubt, das Leben intensiv auszukosten. Danach werden wir unter die normalen Menschen ins Zivilleben entlassen und können sehen, wie wir durchkommen. Vielleicht sogar besser als andere, vielleicht weniger gut. Wir werden sehen, wie Alma mit ihrem Baby klarkommt, wie ich mit den Ausschabungen zurechtkomme, wie Brigadegeneral Jair Dagan mit Talila weitermacht, ob Michaela endlich erwachsen wird. Alles ein großes Spiel. Die Kunst liegt darin, zu tun, worauf man Lust hat, und es nicht ernst zu nehmen. Und rechtzeitig aufzuwachen.

Ich will zum Stützpunkt zurück. Dort ängstigt mich nichts, nicht Michaela und nicht Vater und nicht Etti und nicht die Hypothek und nicht Brigadegeneral David Kochavi. Ich meine, auch Vater gehört dorthin. Er hat an dem Experiment in der Seifenblase teilgenommen, wurde ins Zivilleben entlassen und ist gescheitert. Er zählt offenbar zur zerbrechlichen Sorte. Ich vielleicht auch? Ob Mutter wohl weiß, dass sie mit einem bekloppten Außerirdischen zusammenlebt? Vielleicht bezahlt ihr jemand was dafür? Ich hab wirklich schon ewig lange nicht mehr daheim angerufen.

Um zum Stützpunkt zu gelangen, mussten wir drei Autos nacheinander anhalten. Jedes brachte uns einen halben Meter weiter. Jochai hatte an diesem Tag mit nichts Glück, nicht mit dem Film, nicht mit dem Café und nicht mit dem Trampen. Zu seinen Gunsten sei gesagt, dass er die Symptome meiner weiblichen Caprice erkannte und mich in Ruhe ließ. Anfangs versuchte er noch, ein bisschen über die Zukunft zu reden, meinte, Hausärztin wäre vielleicht keine schlechte Lösung. Ich wollte nichts hören. Ich wollte auf mein Zimmer und ein bisschen allein sein.

Um vier Uhr morgens hörte ich die Stimmen der betrunkenen Studenten, die von *Rafi Nizachon,* «Rafi Sieg», zurückkehrten. Der hat ihnen sicher wieder eine Flasche Whisky spendiert, und die, die nichts vertragen, taumeln draußen rum und kotzen sich bis zum Morgen die Seele aus dem Leib. Durch die verstaubten Kunststofffenster sieht man nichts, aber irgendwie habe ich das Gefühl, dass mein Major da draußen ist. Sicher mit den anderen Studenten aus seiner Manövergruppe. Wäre mal interessant zu erfahren, welche Aufgabe er bei der lila oder der grünen Truppe erfüllt. Ich würde ja gern zu ihm rausgehen, hätte aber keine vernünftige Erklärung, warum ich um vier Uhr morgens draußen herumlaufe. Ich mache Licht im Zimmer. Vielleicht geht ihm auch ein Licht auf. Vielleicht denke ich ganz fest an ihn, und dann kommt er zufällig rein, tritt die Tür auf und schließt mich in die Arme.

Ich bin nicht die Einzige, die aufgewacht ist, auch in anderen Zimmern geht Licht an. Die Mädchen bereiten sich vor. Manche laufen zur Dusche, und es regt sich wieder die latente Erwartung, die hier vor ein paar Monaten herrschte, bevor Alma sich für die Geburt entschied und wir uns alle gebührend änderten, um des Babys würdig zu sein. Jetzt verfliegt das alles, verdunstet, gerät in Vergessenheit. Wir rufen sie nur noch selten an. Ilan hat manchmal ein bisschen von ihr und dem Baby erzählt, doch mittlerweile findet er das Thema nicht nur langweilig, sondern auch unangenehm. In unseren Adern strömt neues Blut, frisches und hungriges Blut.

Kochi tritt auf den Gang. In einem Ton, der Re'umas Stimme nachzuahmen versucht, kreischt sie: «Mädels, wir leben in bewegten Zeiten! Tief durchatmen und los, in zwei Sekunden seid ihr weg.» Ich gehe nach draußen. Bleiche Neonlichtgarben sprenkeln die Büros und die Baracken der Ausbilder. Alkoholfahnen entwehen den offenen Mündern von Studenten, die hingestreckt auf dem Rasen liegen. Fuchtelnde Hände, rote Gesichter, lautes Gerede, Gelächter, viel Lachen und Rülpsen. Ich sehe ihn nicht, den Major von der Panzertruppe mit dem männlichen Kurzhaarschnitt und den sympathischen braunen Augen, in denen tief drinnen etwas Trauriges, Verständnisvolles liegt, das ich gern am Leib spüren möchte, etwas, das mich berühren, streicheln, mich mit seiner Zärtlichkeit verrückt machen würde. Ich muss das spüren, jetzt.

Die trockenen Eukalyptusblätter, die wir bei jedem Putzdienst zu einem Haufen zusammenkehren und die immer wieder einen neuen raschelnden Laubteppich bilden, verraten meinen Ohren schnelle Schritte von zweien, vielleicht dreien – in der Dunkelheit ist das schlecht zu erkennen –, die mir eilig entfliehen. Ich höre Blätter knirschen. Kochi lehnt an der Schulter irgendeines Offiziers vom Wartungstrupp, inmitten eines fröhlichen Haufens, der auf den dreckigen Betonstufen vor der Kantine hockt. Sie lacht lauthals, und die anderen wollen wissen, was sie im Bett am liebsten mag.

Bei den Mädchenunterkünften geht es lustig zu. Dort brennen die Lichter in den Zimmern. Im Gang sitzen Mädchen und Studenten auf Matratzen, und lautes Gelächter wechselt mit Rufen wie «Pfoten weg» und mit Provokationen der Sorte «huch, ich hab ja solche Angst». Fast fünf. Von Osten ein blasser Lichtstreif. Mir tun die Beine weh. Ich riskiere es, den Weg zu den Studentenunterkünften einzuschlagen, obwohl mir klar ist, dass jeder, der mich dort sieht, sofort wissen wird, was ich suche. Der Kies knirscht unter meinen Pantoffeln. Um diese Zeit klingt alles verstärkt, wie Schritte in einem Filmthriller: bedeutungsvolle Schritte, die etwas aussagen, nach deren Verstummen sich eine Tür öffnet oder ein Paar sich umarmt oder ein millionenschweres Drogenpaket den Besitzer wechselt. Ich sehe ihn erst, als er vor mir steht: Brigadegeneral David Kochavi in abgewetzten Sportshorts, in denen kurze, starke Beine stecken, und in einem verwaschenen T-Shirt, das den mitteldicken Bauch bedeckt.

2

Brigadegeneral David Kochavis Gesichtsausdruck ist nicht überrascht, aber sehr streng. «Was machst du denn hier? Ich hoffe, du willst nicht irgendwem eröffnen, dass er Vater wird.»

«Nicht die Spur. Einer von den Studenten hat Papiere für die morgige Übung bei mir im Büro vergessen», belüge ich ihn aus tiefster innerer Überzeugung. «Ich wollte ihm das nur mitteilen, bevor es losgeht, aber ich finde ihn nicht. Na egal, dann halt morgen.»

«Wie heißt er?», erkundigt er sich aus ehrlicher Hilfsbereitschaft. Die Tatsache, dass ich nicht mal den Vornamen des Studenten weiß, zerstreut seinen Verdacht.

«Wie läuft's bei dir so?» Seine Strenge löst sich in ein Lächeln auf, und ich sage, in Ordnung, das Ende sei langsam absehbar. Und ich hätte einen Freund, eröffne ich ihm wie einem alten Bekannten, fast wie man es dem eigenen Vater eröffnet. Er fragt, ob es «was Ernstes» ist. Was soll man darauf antworten, damit er sich beruhigt? So kommt's, wenn ein alter Knacker ein Kumpel sein will. Ja, es ist sehr ernst, wir wollen heiraten, wir sind unsterblich ineinander verliebt. Eigentlich sollte ich ihm besser antworten, ich hoffte es, denn das würde mich liebenswert, erwartungsvoll und zerbrechlich wirken lassen. Wie eine, der man nichts verderben will.

Er geht langsamen Schritts neben mir zu den Mädchenunterkünften, und auf einmal durchzuckt mich dieser Schauder, der den Körper im Vorfeld überkommt, ihn vorwarnt. Ich will es nicht glauben und bringe es nicht fertig, zu flüchten. Mein Körper wird schwer, träge, kraftlos. Die schmalen braunen Augen des Brigadegenerals mustern mich, quasi mit einem neuen Ausdruck, energisch und überrascht zugleich, so wie immer, wenn er eine ficken möchte und sie erst mal mit seinen flehenden, befehlenden Augen weichkocht, ihr das Gefühl gibt, sie sei alles für ihn, und obendrein sei das auch völlig legitim und hochpatriotisch.

Sein starker, kleiner und strammer Körper drängt mich an die Rückwand der Offiziersunterkünfte. «Du liebst mich, sag, dass du mich liebst.» Seine breite Hand mit den kurzen Fingern packt meinen Unterkiefer und lenkt den aufklappenden Mund auf seine Zunge zu. «Lass mich los», bringe ich noch heraus, bevor seine Zunge mir Mund und Schlund füllt und seine Zähne an meinen reiben. Ein unangenehmer Geschmack kommt in meinen Mund, der Geschmack einer ganzen Nacht. Er reibt sein Glied an mir, und ich fühle es hart und stark, aber nicht groß. Das tröstet mich ein wenig. Denn ich weiß, dass ich nachgeben werde. Dass es gleich dermaßen ekelhaft werden wird, dass es schon egal ist, ob er seine Latte reinrammt oder nicht.

Ich drohe sichtlich zu ersticken, und er zieht die Zunge heraus. «Sag mir, dass du mich willst, sag mir nur, dass du mich willst», und seine Hand nimmt meine Hand und schiebt sie in seine Hose. Er drückt sie um seinen Penis und ruckt vor und zurück, befeuchtet seine Stange mit der Hand, auf die er vorher klebrig dicken Speichel gespuckt hat, Speichel einer ganzen Nacht. Ich packe fester zu, und er rollt mein T-Shirt auf, schiebt meinen BH hoch. Er heftet sich an meine Nippel und saugt daran, als hätte er keine Brüste mehr gesehen, seit seine Mutter ihn das letzte Mal stillte. Das ist ja beinah herzzerreißend, ein Brigadegeneral in der Israelischen Verteidigungsarmee und dermaßen hungrig?

Er hat einen unangenehmen Körpergeruch. Säuerlich fauliger alter Schweiß, Mundgeruch, der von Verdauungsproblemen zeugt. Der Körper eines ältlichen, ausgelaugten Mannes, in dem kein bisschen Süße mehr steckt.

Ich streichle sanft seine Glatze, schlage vor, dass wir ins Zimmer gehen. Ich weiß, dass ich es überstehen werde, dass es nichts ausmacht, dass die Sache passiert ist, dass ich mich mehr hätte wehren können. Wir gehen Richtung Ausbilderunterkünfte. Er bewirtet mich, als wäre es nicht halb sechs Uhr morgens und als befänden wir uns nicht auf einem Militärstützpunkt. Hier werden die Fenster verdunkelt, dort kommt eine geeiste Wodkaflasche zum Vorschein, das breite Einzelbett ist angenehm und bequem für uns beide, und die Laken sind sauber.

«Warum hast du keine Freundin?», frage ich. «Du bist meine Freundin», antwortet er, und sein befehlender Blick räumt jeden Zweifel aus. «Ich habe einen Freund», sage ich, aber er fixiert mich düster, als würden wir jetzt Klartext reden und alles Vorherige wäre blanker Unsinn – der Freund, das sei «was Ernstes». Aber was soll's, wir haben ein neues Kapitel begonnen, und der dramatische Blick des Brigadegenerals steht in krassem Gegensatz zu der geflüsterten Bitte: «Keiner braucht was davon zu erfahren, ja, Süße?» – «Ich werde es bestimmt keinem erzählen», antworte ich, bemüht, das Wort «bestimmt» zu betonen, damit er kapiert, dass es seit dem Vorfall mit Michaela eher peinlich ist, sich mit ihm blicken zu lassen.

Dann ging alles schnell und fast unmerklich. Aber vom Bett hochzukommen war nicht einfach. Durch die Blenden drang eine Brise, brachte scharfen Eukalyptusduft, vermischt mit einem Schwall Waffenöl vom Büro der Truppenbeauftragten für Dienstbedingungen, das einmal das Materiallager der Waffenkammer gewesen war.

3 Jochai rief mich zwei Tage nicht an und erschien dann um siebzehn Uhr in meinem Büro mit einer Miene, die Klärung verlangte. Ich konnte nicht viel sagen. Seine Fragen klangen mir, als wären tausend Jahre vergangen. Was mit mir los sei, warum ich ihm plötzlich so kühl begegne, es müsse doch etwas passiert sein. Etwas, das ich ihm verschwiege. So schwer es ihm auch falle, er wolle dieses Etwas wissen, denn er müsse sich über seine Gefühle klarwerden. Und wenn es sich nicht wiederholte, könnte er sogar versuchen, die Sache zu verzeihen. Versprechen würde er es nicht, käme darauf an, was genau vorgefallen sei, aber er liebe mich und wolle mich verstehen.

Ich wusste nicht, ob er was von diesem «Etwas» ahnte oder ob es Sinn hatte, zu leugnen. Aber der müde, gesenkte Blick meiner Augen signalisierte, dass er auf keinen Fall mit diesem Etwas würde leben können und dass dieses Etwas nur ein winziger Bruchteil von etwas weit Größerem war, das er nie verstehen würde. Jedenfalls verließ er das Büro, und ich wusste, dass die Sache kaum noch zu retten war.

Ein bisschen sehnte ich mich später nach ihm. Nach dem Gefühl der Gewissheit, das er verliehen hatte, vor allem nach dieser Zukunft, die wir pausenlos gemeinsam planten. Es tat mir auch leid um die Einleitung «mein Freund», die ich nun nicht mehr verwenden konnte. Meine Periode blieb aus, und das versetzte mich in Anspannung. Erst einen Tag, dann zwei Tage, und als es zehn Tage wurden, erkannte ich die vertrauten Symptome. Erkannte sie, wollte aber nicht glauben, dass ich tatsächlich zum vierten Mal schwanger sein sollte. Dabei war ein Irrtum ausgeschlossen. Ich verspürte Übelkeit und gleichzeitig ständig Hunger, Schwindelgefühle und Schwächeanfälle. Zwar kippte ich bei Sansuris Bratgerüchen nicht um, aber das nur, weil ich keinen Küchendienst hatte. Nachts im Bett auf dem Zimmer gingen mir allerlei irrsinnige Lösungsmöglichkeiten durch den Kopf, die keinerlei Ausweg wiesen, sondern mich nur noch mehr verzweifeln ließen. Ich dachte sehr viel an Michaela.

Ich gewöhnte mich schon an den Gedanken, dass man mich entlassen würde und dass ganz Rischon Lezion wüsste, warum, und nicht bloß so, sondern auch, dass es sich um die vierte handelte. Ich fühlte mich bereit, von Haus zu Haus zu gehen, um mich zu erklären, nichts zu rechtfertigen, aber es ihnen möglichst verständlich zu machen. Weniger meinetwegen, eher wegen Vater und Mutter. Vor allem wegen Mutter, die jetzt, da Vater mit seiner Schlampe schon abends in der Stadt rumläuft, das reinste Nervenbündel ist.

Alma, diese Irre mit ihrem Baby, nur ihretwegen begreife ich plötzlich, dass das Ausbleiben der Periode überhaupt keine Ausschabung, sondern ein Baby bedeutet. Das heißt nicht, dass ich vorhätte zu gebären, aber auf einmal begreife ich, dass das, was man ausschabt, ein Baby ist, nicht bloß ein bisschen Ausfluss von einem, der sich da festgesetzt hat und nicht raus will. Man holt den Anfang von so einem Amit heraus, den Anfang eines richtigen Babys. Mit braunen Augen, sagen wir mal, und mit kurzem hellem Haar, und in den Augen so was wie bei seinem Vater, gerade und konstant und tief drinnen traurig, die Augen eines Majors von der Panzertruppe. Es fragt sich, ob es ausreicht, dass ich an ihn gedacht habe, als Brigadegeneral Kochavi – oder vielleicht ist er für mich jetzt schon David oder Süßer oder einfach Hey –, kurz gesagt, ob die Tatsache, dass ich an ihn gedacht habe, als der da mich fickte, dafür sorgt, dass dieses Kind ihm ähnlich wird. Denn wenn es ihm ähneln würde, nehmen wir mal an, mein Körper würde von dem da nur die Eigenschaften dessen auswählen, an den ich gedacht habe, dann wäre das eine ganz andere Geschichte, so eine Art Wunder, das die Liebe vollbringt.

Klar kann ich Anat und Re'uma nicht ins Vertrauen ziehen. Denn dann entlassen sie mich auf der Stelle, schmeißen mich hochkant raus. Also wirklich – eine, die dauernd schwanger wird. Eine Beschränkte aus Rischon, die den Zusammenhang zwischen Fick und Schwangerschaft nicht auf die Reihe kriegt. Dabei macht sie einen ordentlichen Eindruck. Gutes Abitur, erledigt ihre Arbeit einwandfrei. Nur deswegen hat man ihr noch mal eine Chance gegeben. Aber bitte schön, genau das kommt dabei raus, wenn man Ausnahmen von der Regel macht. Denn die Regel besagt, dass eine, die dreimal schwanger wird, es auch zehnmal fertigbringt. Die Regel besagt, dass so eine entlassen wird und keine weitere Chance bekommt. Und damit nicht bekannt wird, dass sie gegen die Regeln verstoßen haben, müssen sie mich jetzt verschwinden lassen. Eine Leiche in einem Sack, der im Jarkon treibt. Und das Erstaunlichste ist, dass meine Familie es überhaupt nicht merken würde. Meine Familie wäre weiter mit ihren eigenen Problemen beschäftigt. Etti mit der Hypothek, Mutter mit Vater, Vater mit der Schlampe, Malli mit der ganzen Welt. Kobi hat mich sowieso immer ignoriert. Und auch wenn sie's endlich merken, sagen wir mal in zwei Jahren, und sich fragen: «Was ist eigentlich mit der, will sie nicht irgendwann ihren Wehrdienst beenden?», auch dann wird es sie nicht weiter jucken. Vater wird sich für eine Minute in Hiob verwandeln und sagen, «der Herr hat's gegeben, der Herr hat's genommen; gelobt sei der Name des Herrn», und fertig.

Und was bringt mich so auf die Palme? Dass ich am Ende die Alleinschuldige bin. Als hätte ich dieses Problem erfunden. Als wäre ich die einzige Soldatin, die das vierte Mal schwanger geworden ist. Hier gibt's todsicher welche, die schon sechs oder sieben Mal ausgeschabt haben. Ich halte mich nicht für dermaßen originell. Sicher gibt's hier noch andere Soldatinnen, die die Pille nicht nehmen dürfen und nicht nein sagen können. Nicht, dass sie es nicht wollten, sie können nicht. Und Anat und Re'uma wissen das so gut wie ich. Bloß laufen die anderen nicht jedes Mal, wenn sie schwanger sind, zum Büro für Dienstbedingungen. Die haben andere Lösungen. Die wissen schlicht und einfach, wohin sie sich wenden müssen. Die haben jemand, der sich um sie kümmert. Jemand, der ihnen das Problem jedes Mal löst, wenn es auftritt. Jemand, der es ihnen privat bezahlt.

Aber was weiß ich, vielleicht tun sie's dort in Wirklichkeit mit einer Stricknadel, und danach besteht keine Aussicht mehr, schwanger zu werden? Ich denke nicht, dass es Brigadegeneral David Kochavi ernsthaft interessiert, womit genau man das Problem aus der Welt schafft. Es wird ihn kaum groß interessieren, ob ich eines Tages eine Familie und Kinder haben werde. Sicher denkt er sich, eine wie die sollte lieber adoptieren. «Wie viel willst du haben?», wird er ungehalten fragen, als hätte ich ihn aus dem Mittagsschlaf geweckt. Und nachdem er mir sorgfältig abgezählte Scheine auf die ausgestreckte Hand geblättert hätte, könnte er sich zur Pflege seines fürsorglichen Images noch erkundigen, ob ich jemand Gutes gefunden und Empfehlungen über ihn eingeholt hätte.

Aus seiner Sicht hat er vielleicht sogar recht. Er ist kein Sexualkundelehrer, und ich bin immerhin fast zwanzig Jahre alt und habe ihm erzählt, dass ich Ärztin werden möchte und fünfzehn Punkte im Biologie-Leistungskurs hatte. Dann ist es wirklich nicht seine Aufgabe, mir zu erklären, dass man genau auf diese Weise schwanger wird. Wenn ich ihn ohne alle Sicherheitsvorkehrungen reinlasse, muss er ja annehmen, dass ich die Pille nehme. Es wäre also möglicherweise *meine* Aufgabe gewesen, ihm meine Hormonprobleme zu erklären, das heißt, dass meine Menstruation unregelmäßig kommt und ich die Pille nicht nehmen darf. Dann hätte er wenigstens die Verantwortung. Ich glaube kaum, dass dieser dunkle, geile Zottelbär sich zurückgehalten hätte, aber ich könnte wenigstens die Schuld weiterreichen.

Das ist die Krux, dass ich niemanden beschuldigen

kann. Die Ausschabung stört mich nicht, aber dass ich niemandem die Schuld geben kann, macht mich fertig. Denn wenn ich jemanden beschuldigen könnte, könnte ich mich ein bisschen rechtfertigen. Stimmt schon alles, aber sie ist nicht schuld. Seid nicht so streng mit ihr. Aber mich hat einfach keiner vergewaltigt. Ich hätte mich mehr wehren können. Ich hätte eine Szene machen können. Hätte schreien, ihm in die Eier treten können. Ja, hätte ich alles tun können. Eine, die nicht gebumst werden will, wird auch nicht gebumst. Aber ich wollte wirklich nicht, und doch hat man mich gebumst. Ich kann sagen, dass ich bloß so getan habe, als ob, aber er wusste ja, dass ich nicht wollte, er hat doch wohl nicht im Ernst gedacht, dass er es war, den ich nachts bei den Offiziersunterkünften suchte, ihn mit seinem Schlafgestank, seinem kurzen Sportzeug und seinen kratzigen Bartstoppeln. Klar wusste er, dass ich nicht will. Ich habe es sogar ausdrücklich gesagt. Wenn ich vielleicht ein bisschen bestimmter aufgetreten wäre ... Aber was kümmert's ihn eigentlich, ob ich will oder nicht, Hauptsache, ich werde nicht schwanger und schneide mir nicht die Pulsadern auf. Vielleicht meinen Re'uma und Anat genau das. Vielleicht meinen alle das, wenn sie sagen, das Wichtigste sei, dass ich auf mich aufpasse.

Mutter nicht. Mutter meint, dass man mir nichts tun soll, was ich nicht will. Mutter spricht mit mir aus Erfahrung. Vielleicht meint sie, selbst wenn ich wollte, sollte man mir nichts tun, was nicht gut für mich ist. Und das ist gewiss nicht gut für mich, denn das ist was, was man nur mit einem einzigen Mann tut. Und selbst wenn er sich letzten Endes als scheiße entpuppt, wie mein Vater, wagt er es wenigstens nicht, sie respektlos zu behandeln.

Gerade in den letzten Tagen sehe ich ihn manchmal. Ich hab ihm gesagt, dass er bei mir im Büro so viel kopieren kann, wie er will. Aber ich habe es gereizt gesagt. Er hat mich gefragt, ob ich ihm böse sei. Was sollte ich darauf antworten? Ich verneinte. Versprach, ihm Pulverkaffee mit Schaum zu machen, während er kopierte. Ich hätte so gern, dass er mich umarmt.

4

Nett, diese Gegend ums Ärztehaus. Tel Aviv ist nett so am Morgen. Er hat Kaffee getrunken und ich Mineralwasser. Denn seit gestern Abend bin ich nüchtern. Wenn ich wieder raus bin und stark genug, geht er mit mir im Jemenitenviertel essen. Weißt du, wie respektvoll sie dich dort behandeln werden, wenn du mit mir, Brigadegeneral David Kochavi, ankommst? Du wirst das beste Stück Fleisch kriegen, das sage ich dir. Na los, geh heil rein und komm heil wieder raus, gesund und stark, wie du's sein kannst, und dann machen wir uns ein tolles Festessen im Jemenitenviertel.

Du brauchst keine Angst zu haben, ich geh mit zum Arzt rein, begleite dich bis zum OP. Dieser Arzt kennt mich nicht erst seit gestern. Glaub mir, das ist ein Klacks.

Ich hatte mal eine Sekretärin, bei der hat man zehnmal ausgeschabt. Nicht mal Fieber hatte sie hinterher. Es hat ihr nur gutgetan, und heute hat sie drei Kinder und ist verheiratet und lebt in Kirjat Gat. Wenn du sie heute sähst, würdest du nicht glauben, dass diese Frau vor zehn Jahren mal die schärfste Sexbombe auf den gesamten Golanhöhen war. Glaub mir, das ist gar nichts. Gar nichts, sag ich dir.

Wegen des Nüchternseins hat man wenigstens keinen Geschmack im Mund, nur ein trockenes Gefühl in der Kehle. Während ich in diesem grünen Lumpen zum OP gehe, habe ich das Gefühl, das war's, vielleicht werde ich diesmal nicht mehr aufwachen. Mir ist ein bisschen schwindlig im Kopf, alles wegen etwas, das kleiner ist als Brigadegeneral David Kochavis kleiner Fingernagel. Ich habe den Eltern nichts gesagt. Ich hoffe, sie denken nicht ausgerechnet heute an mich. Nur Oberstleutnant Irad Schwarz habe ich gesagt, ich bräuchte einen Tag Urlaub. Er kicherte verlegen und antwortete, so viel du möchtest, auch zwei, drei Tage, sogar einen Monat. Klar einen Monat, dachte ich, du meinst: Scher dich hier weg mit all deinem Dreckkram. Verengte Augen hinter dicken Brillengläsern, verkniffene Lippen, ein boshaftes «viel Erfolg», das sagen will, «stirb». Ich habe niemanden. Nur er sammelt mich auf und kümmert sich um mich, Brigadegeneral David Kochavi, dem wahrscheinlich mehr Bürokräfte erlegen sind als Soldaten im Kampf.

Ich will jetzt nicht sterben. Ich will hier raus. Ich komm schon klar. Ich werde damit fertig. Hauptsache,

Vater und Mutter erfahren nichts davon und nicht Anat und nicht Re'uma und keiner sonst auf dem Stützpunkt, außer ihm.

Ich hatte keine Lust, ins Jemenitenviertel zu gehen, hatte wirklich keinen Appetit. Mochte gar nicht an Ochsenschwanzsuppe denken. Außerdem hatte man mir Ruhe verordnet. Also gingen wir in ein Hotel, und das, obwohl er wusste, dass ich auf gar keinen Fall ficken durfte. Ich fand das schön von ihm, dachte, er ist vielleicht doch nett. Wir bestellten zwei Clubsandwiches und Orangensaft aufs Zimmer, und er versprach, dafür zu sorgen, dass es mir an nichts fehlen würde, nicht bis zu unserer Rückkehr auf den Stützpunkt am nächsten Morgen und auch danach noch lange nicht. Recht nett, diese Dienstbedingungen. Viel besser als das, was Anat, die Truppenbeauftragte, zu bieten hat. Wie eine Dame habe ich die Ausschabung privat machen lassen, bin hinterher zum Ausruhen ins Hotel gegangen, hab mir Erfrischungen aufs Zimmer kommen lassen. Wenn ich das doch Mutter erzählen könnte, sie würde es im Leben nicht glauben.

Ich fühle mich wohl in den sauberen Laken, mit der Klimaanlage und dieser angenehmen Badewanne. Stört mich überhaupt nicht, dass er mir die Hand leckt und sie mit Spucke befeuchtet, macht mir nichts aus, dass er mir seinen kleinen Pimmel in die Faust drückt, mir die Handfläche kitzelt, während er vor- und zurückruckelt wie ein haariger alter Fötus und mir stöhnend dort kommt, mir Hand und Oberschenkel mit seinem Erguss nass spritzt.

Wenn er es genießt und es mich nicht stört, kann es so weitergehen. Davon wird man nicht schwanger.

Ich stelle den Fernseher leise an, und er geht raus, hat ein paar dringende Dinge zu erledigen. Dass ich bloß nicht das Bett verlasse. Ich darf mir alles, was ich möchte, aufs Zimmer bestellen, Hauptsache, ich ruhe mich aus und überstehe alles gut. Es ist wirklich nichts, es besteht kein Grund zur Sorge.

5

Das Problem ist, wenn du ein bisschen nett bist, mal was außer der Reihe erlaubst, dann bist du verloren. Am nächsten Tag verlangen alle genau das Gleiche. Als wären sie er, und wenn du ihm einen Gefallen getan hast, müsstest du's auch ihnen erlauben. Das ist das Widerliche beim Militär, die Forderung nach Gerechtigkeit um jeden Preis, als gäbe es wirklich Gleichheit auf Erden und alle wären gleich schön, und wenn du schon mal nett bist, dann bitte zu allen. Vielleicht halten sie Nettigkeit für einen Teil der Aufgabe, als käme das mit dem Rang. Aber ich darf doch jemanden haben, den ich besonders nett finde. Warum nicht? Ist hier etwa jemand nett zu mir? Das ist die wichtigste Regel, die jede Bürokraft kennen muss: Man darf sich nicht verlocken lassen. Darf nicht nachgeben. Darf kein einziges Mal was erlauben, keine persönliche Gefälligkeit und kein gar nichts.

Nicht mal insgeheim und selbst dann nicht, wenn keiner davon weiß.

Nachdem ich einen an den Kopierer gelassen und ihm Pulverkaffee mit Schaum gemacht hatte, kamen sie alle an. Zuerst noch einzeln, zögernd, mit diesem idiotischen, einschmeichelnden Lächeln im Gesicht, in der Hoffnung, dass ich bloß nicht ausraste. So in der Pause, auf einen Kaffee, was ist schon dabei? Doch bald schon werden ihre Bewegungen selbstsicherer, natürlicher, und ihr Blick verliert diese Vorsicht, die in Betracht zieht, dass ich sie jeden Augenblick rausschmeißen könnte. Und auch ich komme nicht mehr auf die Idee, ihnen was zu sagen, denn auch ich gewöhne mich dran und beobachte nur noch dieses Wimmeln der olivgrünen Würmer um den Samowar. Und dann fällt mir ein, dass ich ja schließlich auch bloß eine Bürokraft aus Rischon bin, die schon vier Ausschabungen hinter sich hat.

Wie sich herausstellt, könnte er mich nach Hause mitnehmen, wenn ich am Donnerstag um Punkt siebzehn Uhr am Tor, genau vor dem Wachhäuschen, auf ihn warte. Bis vor die Haustür würde er mich bringen. Seiner Personalakte habe ich entnommen, dass er ledig ist, nach seiner Adresse zu urteilen, wohnt er noch bei den Eltern, und sein Name ist Itai Katz. Major Itai Katz. Ich bin unschlüssig. Vielleicht sieht man mir noch an, dass ich gerade eine Ausschabung hinter mir habe oder dass ein Brigadegeneral mich gefickt hat. Davon soll nun wirklich keiner Wind bekommen, weder er noch meine Familie. Schon Mittwochabend geriet ich in Anspannung. Ich konnte nicht einschlafen, und den ganzen nächsten Morgen war ich nervös. Im Büro lief alles schief. Ich klemmte mir die Finger in der Schublade ein, verschmierte Tipp-Ex auf dem Tisch, und zwischendrin kamen eine Million Anrufe. Ich wollte das Büro ausnahmsweise um halb fünf schließen. Damit ich vor dem Weggehen noch duschen konnte, ein bisschen seinetwegen und ein bisschen wegen Vater und Mutter. Ich war an die zwei Monate nicht zu Hause gewesen, hatte keine Ahnung, wie ich aussah. Man sollte mir um Himmels willen nichts anmerken.

Ich bin mit der Ablage durch. Habe das Büro geputzt. Irad Schwarz braucht mich Freitag nicht, das wird ein richtiges langes Wochenende. Vielleicht rufe ich ein paar Freundinnen vom Gymnasium an, mal sehen, was die so machen. Ich hab Lust, ein bisschen auszuspannen, hier abzuhauen, die Blase zu verlassen, am Sonntag zurückzukehren, als würde ich nahe von zu Hause dienen, frisch gewaschen, mit kleiner Handtasche wie eine, die jeden Nachmittag um halb fünf heimgeht. Gerade als ich alle Gläser gespült, die Kaffeeecke gewischt, sogar noch die Regale und Ordner vom Staub befreit habe, kommt Schlomo Ronen an. Den hasse ich geradezu. Fünfundvierzig Jahre alt und noch immer Major. Alle hassen ihn. Ein Quälgeist. Immer hat er eine Bitte, die legitim ist, aber furchtbar nervt. Er kann auf einmal ein Schriftstück wollen, ein Antragsformular, bei dem ich keine Ahnung habe, wie es aussieht und wo man es suchen soll, die Privatnummer irgendeines Dozenten, obwohl es verboten ist, Dozenten ohne Genehmigung mit privaten Anliegen zu behelligen. Wenn sich überhaupt einer mit ihm abgibt, dann nur, weil er früher die Zahlstelle in der Personalabteilung geleitet hat und man jedes Problem auf dem Wehrsoldzettel bei ihm klären kann. Zu Monatsanfang erfreut er sich großer Beliebtheit. Sobald jedoch alle Fragen bezüglich irgendeines Abzugs von einigen Schekeln oder einer unerwarteten Zulage beantwortet sind, rutscht er in seine natürliche Position zurück – als Quälgeist mit einem Berg von Anliegen, vor dem alle Studenten Reißaus zu nehmen versuchen.

Ich konnte nicht Reißaus nehmen. Er hätte mal eine grundsätzliche Frage. Wann ist Oberstleutnant Irad Schwarz wieder im Büro? Erst am Sonntag. Um welche Uhrzeit kann er ihn treffen? Weiß ich nicht, ich führe seinen Terminkalender nicht. Dann wäre ich vielleicht so gut, ihn telefonisch mit ihm zu verbinden. Ich sehe meine Dusche entschwinden, und bevor ich zu wählen beginne, fragt er, ob er einen Kaffee bekommen könne, es sei ja noch nicht fünf Uhr. «Es ist schon alles sauber», sage ich, «ich mach dir einen, aber in fünf Minuten schließe ich. Ich fahre nach Hause.» Während er Oberstleutnant Irad Schwarz am Telefon nervt, mache ich ihm Pulverkaffee im Pappbecher. Anscheinend hat seine Bitte, den Kaffee in ein Glas umzugießen, mich dann endgültig nervös gemacht, im Verein mit der verpassten Dusche und den vermasselten Plänen und dem Wissen, dass ich um Punkt fünf Uhr an der Wache erwartet werde. Als Major Schlomo Ronen um fünf vor fünf endlich aufsteht, bin ich ein einziges Nervenbündel, fahrig, nervös. Er macht mir alles kaputt. Ich schalte den Samowar ab und stolpere über die Schnur. Das Gerät kippt um, und das ganze heiße Wasser platscht mir auf den Fuß. Ich renne raus zum Wasserhahn, streife die Sandale ab und kühle den glühend heißen Fuß unter dem Kaltwasserstrahl. Meine Haut ist knallrot, runzelt sich, brennt. Vor meinen Augen bilden sich Blasen. Schlomo Ronen ist verschwunden. Ich humpele ins Büro, rufe die Wache an und bitte den Mann, Major Itai Katz auszurichten, dass er nicht auf mich warten solle.

Hinkend schaffe ich es bis zur Sanitätsstation. Ilan bittet mich auf die Liege, reibt mir den Fuß mit Brandsalbe ein. Er rät mir, mich im Zimmer auszuruhen, so wenig wie möglich mit dem Fuß aufzutreten, zweimal täglich zum Verbandswechsel zu ihm zu kommen. Es ist eine Verbrennung zweiten Grades. Tut höllisch weh.

Sechster Teil

SIWAN

1

Eine Blase in der Blase der Militärabteilung im Tel Haschomer Krankenhaus. Zwei Tage nach der Verbrennung, am Samstag, spürte ich, dass ich am ganzen Körper glühte, nicht bloß am Fuß. Dabei hatte ich eisern geruht, war nicht auf dem Stützpunkt herumgelaufen, nur zweimal am Tag zu Ilan in die Sanitätsstation gegangen, um den Verband wechseln zu lassen, aber das Fieber stieg trotzdem. Ilan fuhr mich ins Krankenhaus. Anscheinend hatte sich der Fuß trotz aller Vorsicht entzündet. Sie behielten mich auf der Station, bis das Fieber sinken würde, gaben mir einen hellgrünen Pyjama und ein Bett am Fenster im Zimmer von Siwan, die so heißt, weil sie am *sein be-siwan,* dem 7. Siwan, geboren ist und weil *sein* nicht nur der siebte Buchstabe des hebräischen Alphabets ist, sondern auch Penis bedeutet. Diesen Witz reißt sie automatisch jedes Mal, wenn sie sich vorstellt. Trotzdem ist es lustig. Als Erstes benachrichtigte ich Vater und Mutter. Anfangs waren sie entgeistert. Vielleicht fiel ihnen gerade siedend heiß ein, dass sie ja eine Tochter haben. Dann wurden sie hysterisch, wollten sofort kommen, aber Schwester Rinat nahm den Hörer und beruhigte sie mit der Erklärung, ich bräuchte jetzt vor allem Ruhe, sollte mich möglichst wenig anstrengen und keinen Keimen ausgesetzt werden. Das Fieber geht nicht runter. Das heißt, sobald die Wirkung der Medikamente nachlässt, steigt es wieder.

Nett, diese Siwan. Sie sagt, ich sei schlau. Sie selbst legt es darauf an, möglichst viel Zeit im Krankenhaus zu verbringen. Hat so ihre Methoden, herzukommen. Mal hat sie sich die Pulsadern aufgeschnitten, mal bekam sie Gelbsucht, diesmal ist sie einfach zusammengeklappt, und man hat sie sicherheitshalber hergebracht, damit sie sich nichts antut. Manchmal schreie sie nachts, aber ich bräuchte nicht zu erschrecken, das sei nur, damit man sie im Krankenhaus ließe. In den Kibbuz zurückzukehren habe keinen Sinn, das sei genauso wie auf dem Stützpunkt, vielleicht noch schlimmer. Sie dient in der Militärpersonalverwaltung in Ramat Gan. «Lass dich doch vom Wehrdienst befreien», schlage ich ihr vor. «Fang jetzt mit dem richtigen Leben an. Such dir eine Wohnung in Tel Aviv, sagen wir in der Dizengoff-Straße, lern Menschen kennen, mach einen drauf. Kino. Klubs. Partys. Was willst du hier im Krankenhaus?»

«Lass mal, darauf bin ich noch gar nicht eingestellt», sagt sie. «Für den ganzen Kram mit Zivilleben habe ich den Kopf noch nicht frei. Ich hab null Bock auf diese Nummer mit schick anziehen und Klamotten kaufen und arbeiten und Miete zahlen und Wasser- und Stromrechnungen. Dafür bin ich überhaupt nicht gebaut. Ich muss gepflückt werden. Ich muss bei jemandem in der Vase im Wohnzimmer stehen. Ganz zart und fein. Mein Mann wird kommen, hierher in die Militärabteilung des Tel Haschomer Krankenhauses, das habe ich von meinem ersten Wehrdiensttag an erkannt. Deswegen bin ich überhaupt zum Militär gegangen. Sein Herz wird ihn leiten, wird ihn geradewegs zu mir führen, zu seiner Frau. Und bis er kommt, bemühe ich mich, so viel wie möglich hier zu sein, auf ihn zu warten, ziehe derweil meine Nummern ab. Verstehst du?»

Ich verstand und verstand auch wieder nicht. Einerseits kam es mir logisch vor, dass es für jede Frau einen bestimmten Mann gibt und sie in diesem Wissen auf ihn wartet. Andererseits, wenn es angeblich so logisch ist, warum passiert es dann nie? Schließlich gibt es ja keinen Menschen, der nicht gerade an der wissenden Stelle eine Wunde im Herzen hätte, also funktioniert es wohl doch nicht so richtig. Was ist das Leben bloß für eine beängstigende Angelegenheit. In der Militärabteilung des Krankenhauses auf deinen Mann zu warten ist irrsinnig. «Warum bist du so sicher, dass dein zukünftiger Mann ausgerechnet hier auftauchen wird, in der Militärabteilung von Tel Haschomer?», frage ich. «Ehrlich gesagt kann ich dir das nicht erklären», sie nimmt eine Schachtel Zigaretten aus dem Nachtschrank, zündet sich eine an, «ich weiß es einfach», sagt sie und bläst mir einen Rauchschwall direkt ins Gesicht. «Solche Dinge hört man mit dem Herzen. Das Problem der Menschen ist, dass sie nicht auf ihr Herz horchen. Weißt du was, sie kämpfen sogar dagegen an. Ihr ganzes Leben ringen sie mit ihrem Herzen, und zum Schluss, kurz vor dem Tod, wenn sie schon alt und krank sind und nicht mehr die Kraft haben, gegen ihr Herz anzugehen, kriegen sie einen Moment, in dem sie kurz mal das tun, worauf sie Lust haben. Deshalb gibt es manchmal glückliche alte Menschen, die wenigstens am Ende zur Vernunft kommen und sich nicht mehr streiten. Aber ich bin heute schon glücklich. Ich lausche die ganze Zeit meinem Herzen, ich sehe ein, dass ich nicht dagegen anzukämpfen brauche, dass es ein verlorener Krieg wäre.»

Sie ist eigentlich schön, diese Siwan. Kein perfektes Gesicht, aber die schmale Adlernase und das glatte braune Haar passen hübsch zusammen. Ihr Körper unter dem groben Baumwollstoff des Pyjamas wiederum kommt mir durchaus perfekt vor. Eine lange, schlanke Figur. Ich habe Angst, auf ihre Hände zu gucken, die Narben am Handgelenk zu sehen. Aber ihr Hals ist lang und edel, und ihre Haut hat die Färbung von Kaffee mit viel, viel Sahne. Bei denen in den Kibbuzim gibt's haufenweise solche großen und schlanken Mädchen. Bei uns in Rischon dagegen sind alle Pos und Brüste und Schenkel der Welt vertreten. Und wenn du in Rischon zufällig schlank und groß bist, brauchst du nicht auch noch Ideen zu haben. Schlank und groß reicht. Und wenn du bloß klein und dick bist, kannst du deine Ideen für dich behalten. Bei denen in den Kibbuzim haben auch die Schlanken und die Großen und die Schönen Ideen, und es macht ihnen nichts aus, dass sie deshalb wahnsinnig viel verpassen. Dort in den Kibbuzim wissen die Mädchen nichts vom Leben.

Na klar horcht sie auf ihr Herz, ist ja viel bequemer, auf

das Herz zu hören als aufs Gehirn. Und obwohl sie nicht mit dem Gehirn arbeitet, sieht sie glücklich aus, solange man ihr nicht auf die Handgelenke schaut. Aber dieses glückliche Lächeln wird nicht lange halten. Ich hoffe bloß, dass sie nachts nicht allzu laut schreit und dass sie nicht versucht, mich zu erwürgen oder mit einem Messer zu erstechen. Bei solchen Gedanken kann man ja nicht normal bleiben.

«Wie lange hast du vor, so zu warten?»

«So lange wie nötig», antwortet sie. «Ich bin keineswegs bereit, einfach so mit einem zusammenzuleben, der nicht mein Mann ist. Und glaub mir, es ist gar nicht so schlecht hier. Es gibt im Leben nicht viele Orte, an denen du dich um nichts zu kümmern brauchst. Wo du wie ein Baby gepflegt und versorgt wirst und keiner dich erziehen will. Ich habe das Gefühl, man nimmt mich hier, wie ich bin. Vielleicht hat man eine andere Lebensauffassung, aber man diskutiert nicht, will mir nicht beweisen, dass meine Ideen Unsinn sind. Vorwärts, tu, was dir einfällt, nur ohne Wirbel. Manchmal gibt's allerdings doch Aufregung wegen irgendeiner blöden Idee, der ich einfach nicht widerstehen konnte, schon wegen des Effekts. Wie dieser Schwachsinn, dass ich mir die Pulsadern aufgeschnitten habe. Aber im Allgemeinen bin ich in Ordnung. Jetzt weiß ich schon ziemlich lange, wo die Grenzen liegen. Denn jetzt warte ich wirklich. Ich kann förmlich riechen, dass er in der Nähe ist, mich sucht. Vielleicht ist er schon durchs Tor spaziert. Ich hoffe, er ist kein Araber oder was, denn dann lassen sie ihn nicht rein. Siehst du, ich horche auf mein Herz und erlaube mir, in großer Erwartung zu leben. So sicher bin ich mir.»

Diese Siwan verblüfft mich. Als ich ankam, sah sie mir aus wie eine, die schon mit so einigen geschlafen hat, und nachdem ich begriffen hatte, dass sie aus einem Kibbuz stammt und eigentlich schön ist, stellte ich mir ihre Bettpartner im Kibbuz wie muskulöse Zuchtbullen mit glänzend blanker Haut vor. Kapierte gar nicht, was sie hier im Krankenhaus wollte, wenn sie dort im Kibbuz doch solche Kerle haben. Und nun stellt sich heraus, dass sie überhaupt so eine Art Heilige Jungfrau ist, wie bei den Christen. Eine Madonna wie auf den Renaissancegemälden. Ein beängstigender Gedanke, dass ich mit meinen gesammelten Ausschabungen schon neben so einer gelandet bin. Gut, das beweist nur, dass im Krankenhaus auf deinen Mann zu warten, bis er kommt, noch viel irrsinniger und schädlicher ist als vier Ausschabungen.

Mir ist niemals eine über den Weg gelaufen, die so wie Siwan, aber älter gewesen wäre. Was wohl aus denen wird, wenn sie dreißig oder vierzig sind? Sicher sind sie dann schon aufgeschwemmte Wracks vor lauter Medikamenten. «Siwan», sage ich ruhig, «hör lieber damit auf. Lass dich vom Wehrdienst befreien. Und wenn er so aufmerksam seinem Herzen lauscht, findet er dich auch in Ramat Gan.»

«Da irrst du dich», sagt sie mit derselben irrsinnigen Sicherheit, «denn er wird bald kommen und mich pflücken. Mir bleibt nicht mehr viel Zeit, bis er mich vor mir selber rettet und einen Menschen aus mir macht. Also was kann das schon schaden?»

«Sag mal, und wenn er nicht kommt?» Dem Wutanfall, der darauf folgte, entnahm ich, dass ich diese Frage besser nicht gestellt hätte. «Sag mal, was ist denn mit dir los, bist du total verrückt, eine ärztlich anerkannte Irre? Was soll das heißen, wenn er nicht kommt? Sag mal, wer hat dich eigentlich hergeschickt, du Nutte? – Rinat, komm her, oder ich bring sie um», schrie sie in den Gang hinaus und begann langsam auf mich zuzugehen. «Wer hat dich hergeschickt, he? Sag's mir, du kleine Irre, du Biest, wer, raus mit der Sprache oder ich erwürg dich, hörst du?» Schwester Rinat und eine georgische Hilfskraft stürzten sich wie zwei Raubtiere auf sie, als bedrohe sie mit durchgeladenem Gewehr einen ganzen Kindergarten. «Beruhig dich, Siwan, beruhig dich», zischten sie abwechselnd in drohendem Ton, mal Rinat, mal die Georgierin. «Beruhig dich, Süße, sie hat es nicht so gemeint», versuchten sie's auch mit sanfter Stimme, nahmen sie fürsorglich in die Mitte und verließen zu dritt das Zimmer. Und ich wurde zur diensthabenden Ärztin, Dr. Semel, gerufen, die in einem engen kleinen Zimmer am Ende unseres Gangs saß und intensiv mit der Einsicht von Krankenakten beschäftigt zu sein schien.

Ich verstand so viel, dass sie alle möglichen Blutuntersuchungen machen wollte, um den Infektionsherd zu finden, denn obwohl die Brandwunde gut aussieht und vielleicht nicht mal eine Narbe hinterlassen wird, steigt die Temperatur weiter. Meist hilft ein Antibiotikum, aber bei mir gibt es keine Anzeichen einer Besserung. Deshalb wird sie mich als Erstes in ein ruhigeres Zimmer mit einer passenderen Bettnachbarin verlegen. In zwei Tagen werden wir über die Untersuchungen entscheiden, vorerst soll ich vor allem ruhen und viel trinken.

2 Jetzt bin ich mit Lydia im Zimmer. Lydia hat die Kusskrankheit, was für mich echt faszinierend klingt. Wenn sie vom Küssen dermaßen erschöpft ist, muss sie's ja wohl verdient haben. Dr. Semel warnte mich bei der Morgenvisite vor der Ansteckungsgefahr, riet mir, häufig die Hände zu waschen, nicht direkt mit ihr in Berührung zu kommen und unter gar keinen Umständen ihr Besteck zu benutzen. Kein Problem, Lydia schläft sowieso die meiste Zeit. Vielleicht hat sie andersrum geküsst, einen Kuss, der für hundert Jahre einschläfert. In hundert Jahren erwachen wir alle von einem Nadelstich. Es fragt sich nur, ob Siwans Mann es schaffen wird, das wildwuchernde Rosengestrüpp zu durchbrechen.

Nach dem Frühstück ging ich mal schauen, was Siwan so machte. Naomi, die Oberschwester, kam mir auf dem Gang entgegen und versperrte mir den Weg. «Wegen gestern besteht kein Grund, sich mit ihr auf eine Diskussion einzulassen», sagte sie. «Hier kann jeder warten, auf wen er will. Aber diese Ausbrüche sind sehr schädlich.» Ich fand Siwan besonders aufgekratzt vor. Sie saß im Schneidersitz auf dem Bett, rauchte eine Zigarette und unterhielt munter zwei Besucher in grünen Pyjamas. «Oh, sieh mal einer an, da ist sie ja, die mich gestern verrückt gemacht hat. Komm rein, hereinspaziert, meine Süße. Komm und lern zwei der besten unserer pimmelbewaffneten Streitkräfte kennen. Das ist Jovesch, so heißt er, seit ihm in Elat die Eier eingetrocknet sind. Jovesch, zeig ihr die Flasche.» Jovesch, «Trockenheit», hob triumphierend eine Cola-Familienflasche, fast halb voll mit einer Flüssigkeit, die, nach Farbe und Geruch zu urteilen, Urin sein musste. «Er soll täglich zwei Flaschen mit Urin vollkriegen, zweimal anderthalb Liter», erklärte Siwan, die offensichtlich kein bisschen mehr böse war. «Und das ist Schemesch. Der ist geheilter Narkomane und hat Leberprobleme.» Schemesch feixte mit einem Mund voller Zahnstummel.

«Wie lange seid ihr schon im Krankenhaus?», fragte ich erstaunt, denn ich hatte gar nicht geahnt, dass es beim Militär so was gab. Jovesch antwortete, Siwan sei Stammgast, Schemesch käme jedes Mal, wenn seine Temperatur stiege, und er selbst sei das erste Mal da. Bisher seien es drei Tage, in denen er die ganze Zeit trinke und in die Flasche pinkele. Wenn er nicht genug habe, steuerten Schemesch und Siwan ihren Teil bei, und ich sei auch eingeladen.

Sie redeten gerade über Musik. Was seien denn meine Lieblingsbands? Ich sagte Mashina. Dachte, das sei unverfänglich, nicht was, worüber Siwan wieder in die Luft gehen könnte. Die beiden überhörten es, war wohl ein Fehlgriff. Komisch, die drei, als wären sie überhaupt nicht beim Militär. Ich konnte mir kaum vorstellen, dass jemand es wagte, ihnen Befehle zu erteilen, oder dass es irgendwas gab, das ihnen Angst einjagte. Schwester Naomi kam ins Zimmer und reichte mir ein Fieberthermometer. Inzwischen gab sie Siwan eine Tablette und wartete, bis sie sie geschluckt hatte, hob Joveschs Flasche hoch und musterte sie zufrieden und verordnete Schemesch, vom Abend an nüchtern zu bleiben, weil man ihm morgen früh Blut abnehmen wolle. Ich übergab Naomi das Thermometer. «Ist ja zum Verrücktwerden mit dir. Schon wieder vierzig Fieber. Du bleibst auch ab zwanzig Uhr nüchtern, morgen kommst du zur Blut- und Urinuntersuchung.»

«Sag mal, was fehlt dir eigentlich?», fragte mich Schemesch, als ob ich es wüsste. «Die hat sicher eine Geschlechtskrankheit, sieht mir aus wie eine, die jeden ranlässt», antwortete Siwan an meiner Stelle. Mit einem Schlag fielen mir die Ausschabungen ein, und ich dachte, vielleicht ist es tatsächlich eine Entzündung an den bewussten Stellen oder irgendeine Infektion. Bis zu diesem Augenblick hatte mich nicht wirklich interessiert, was ich hatte, aber jetzt plötzlich begriff ich, dass mein Körper sich an mir rächte, dass ich es herausfinden müsste – oder nicht herausfinden und sterben. Qualvoll sterben. Erst von innen her verfaulen und dann von außen.

Eine Hurentochter, diese Siwan. Und Alma genauso.

Wir anderen hängen zwar keinen spinnerten Ideen nach, aber am Ende bringen wir uns damit um Kopf und Kragen. Wir haben auf keinen gewartet, haben niemandem Kinder geboren, haben einfach ausgeschabt und geschwiegen. Wir wollten kein Aufhebens um uns machen. Jovesch bringt mir ein Glas Wasser. Ich sehe ihm blass aus. «Sie hat dich nicht mit ihrem Irrsinn angesteckt.» Er streichelt mir das Gesicht mit seiner kindlichen Schweißhand mit den abgeknabberten Nägeln. Siwan lacht, sagt, sie hätte noch nicht damit angefangen, wolle abwarten, bis es mir besserginge. Ich kapiere, dass ich diese Station als Irre verlassen werde. Ich weiß nicht, was ich denken soll. Ich höre eine Million Stimmen. Ich höre das Pochen meines Körpers, den Blutstrom, die Angst, die mir das Herz zuschnürt. In der Tür steht meine Mutter mit einem besorgten Lächeln im Gesicht.

Meine Mutter, was bin ich zu ihr gestürmt. Meine Mutter – auf einmal war ich nicht mehr allein. Wir umarmten uns, meine Mutter und ich, nicht wie zwei irrsinnige Frauen, die verrückte Ideen im Kopf haben, sondern wie zwei wirkliche Frauen, die Scheiße fressen und schweigen und denen keiner was befehlen kann. So standen wir da, meine Mutter und ich, umarmten uns und schwankten, als gäbe es nichts zu sagen. Denn was es auch sein mochte, dieses Fieber, wir würden es still überwinden, ohne Aufhebens zu machen. Wir gingen in mein Zimmer, wo Mutter die Taschen absetzte, und darin gab es Fleischbällchen und gefülltes Gemüse in Tomatensoße und trockenes Mürbegebäck. Mutter half mir in den Morgenrock und ging mit mir nach draußen. Auf der Bank saßen Vater und Malli und Kobi. Ich ging im grünen Pyjama und im Morgenrock mit meiner Mutter und wusste mit Sicherheit, dass ich nicht irrsinnig bin, dass ich Hormonprobleme habe, dass ich die Pille nicht nehmen kann. Und wie ich jedes Mal schwanger geworden war, wenn sie's nicht fertiggebracht hatten, ihn rechtzeitig rauszuziehen, so würde ich noch tausendmal schwanger werden, wann immer sie's künftig nicht rechtzeitig raus schafften. Das war mein Geheimnis. Jeder hat ein anderes Geheimnis, aber jeder hat eins. Denn wenn nicht alle ihr Geheimnis hätten, würden sie mich ja nicht verstehen. Auch Malli hat ihr Geheimnis, dass sie Männer überhaupt nicht mag, und Vater mit seiner Schlampe, und Mutter mit Vater, und Kobi, was ist Kobis Geheimnis? Erst siebzehn Jahre alt und hat schon ein Geheimnis? Vielleicht könnte er, wenn sein Geheimnis normaler wäre, manchmal aus seinem Zimmer rauskommen.

Bis acht Uhr abends, dem Zeitpunkt, von dem an ich nüchtern bleiben sollte, hatten wir die Töpfe leer gefuttert. Ich teilte an alle aus, um ihnen einen Geschmack von zu Hause zu vermitteln, aber jeden erinnerten die Fleischbällchen und das gefüllte Gemüse an etwas anderes. Siwan fiel ein, dass sie in ihrem ganzen beschissenen Leben noch nie in der Küche ihrer Mutter gegessen hatte, immer nur im Kibbuzspeisesaal, und dass ihr völlig schleierhaft ist, ob ihre Mutter überhaupt kochen kann. Jovesch grübelte, ob seine sich aschkenasischen Sitten angleichende Familie darin nicht zu weit ging, und erzählte, seine Mutter würde den ganzen Tag Quiches backen und den grünen Salat nur noch grob zerpflückt auf den Tisch bringen. Schemesch fühlte sich nun gerade an zu Hause erinnert, meinte aber, bei ihm daheim schmecke alles viel besser. Seine Mutter koche am besten, und das, was ich hier mitgebracht hätte, sei wie ein Abklatsch, wie Haschisch nach Heroin, wie ein Groschenroman verglichen mit einem Gedicht. Lydia kam zwischendurch mit in Siwans Zimmer, wurde aber wenige Minuten später so todmüde, dass sie sich wieder hinlegen musste, und dann erschienen zwei Jungs, die nach einer schlimmen Lebensmittelvergiftung noch mit Infusionsständern herumliefen, aber trotzdem gesagt bekommen hatten, sie würden am nächsten Morgen entlassen.

Siwans Augen versanken förmlich in den Augen des Größeren der beiden. Es war ein irrer, unverwandt starrender Blick, der sich nicht wieder losreißen wollte. Ein schmerzerregender, kneifender, beißender Blick. Und mit diesem Blick in den Augen sagte sie in leisem und ruhigem Ton: «Ich weiß nicht, was du dir vorstellst, aber du wirst nirgendwohin entlassen.» Der Junge lächelte, sagte, er heiße Jaron und es sei ihm wirklich sehr angenehm, und er kenne zwar ihre Quellen nicht, aber ihm habe man ausdrücklich gesagt, morgen Vormittag werde er beim Standortältesten seine Entlassung erhalten. «Jaron oder wie immer du heißen magst», sagte sie mit übertrieben dramatischem Augenaufschlag, «meine Quellen sind innere Quellen, oder richtiger gesagt, es ist eine einzige innere Quelle, mein Herz. Und ich gehöre zu denen, die auf ihr Herz hören, weil sie wissen, dass nur das Herz es weiß. Und mein Herz sagt mir, dass du morgen nirgendwohin entlassen wirst. Und mein Herz sagt mir auch, dass du von hier nirgendwohin ohne mich gehst.»

3 Am nächsten Morgen übergaben wir zwei Mädchen vom Ersatzdienst die Becher mit dem ersten Urin des Morgens, alle außer Jovesch, der eine Anderthalbliterflasche überreichte. «Tolle Leistung», sagte ich zu ihm, als wir uns beim Sanitäter zur Blutuntersuchung anstellten. Er grinste. «Das ist alles von anderen. Ich habe einen vollen Behälter auf Vorrat im Schrank. Ich gebe ihnen aus Prinzip nicht meinen eigenen Urin. Seit wann habe ich jemandem erlaubt, sich mit meiner Pisse zu beschäftigen? Ich will nicht, dass sich jemand mit meiner Pisse abgibt, ohne meine Erlaubnis, ohne jede medizinische Notwendigkeit. Und wenn ich dich jetzt lieb bitte, wirst du mir doch sicher auch in den Kanister pinkeln, oder?»

Ich brauchte eine Sekunde, ehe ich «na klar» sagte, genau in dem Moment, als ich den Arm mit der geballten Faust dem Sanitäter hinstrecken musste, damit er mir direkt in die Vene stechen konnte. Und wenn ich nun nicht will, dass die Untersuchung meine vier Ausschabungen offenbart? Ich hatte das Gefühl, mir dämmerte erstmals in den letzten Monaten, was nicht in Ordnung war. Ich spürte sogar eine gewisse Befreiung, einen Funken inneren Widerstand. Sein Quatsch mit dem Urin steckte mir meine Grenzen neu ab.

Ziemlich überraschend fand sich in Jarons Blut eine hohe Anzahl weißer Blutkörperchen, und man beschloss, ihn dazubehalten, bis die Befunde ausgewertet wären. Sein Kamerad wurde schon um neun Uhr morgens zum Standortältesten entlassen. In Dienstuniform sah er wirklich klasse aus. Wir gingen alle in den kleinen Speisesaal der Station, der auch Klubraum mit Fernseher war, und machten uns über Marmeladenbrötchen und Tee her. «Na, was hab ich dir gesagt, ha, du Flittchen», flüsterte mir Siwan ins Ohr, «hat mein Herz recht oder nicht?»

«Weißt du, was mich am meisten bedrückt?», fragte ich und wusste, dass ich im Begriff stand, mein Geheimnis preiszugeben, schlagartig leer zu werden, dass ich mich augenblicklich gut und leicht und luftig fühlen würde, wie es auch prompt geschah, als ich ihr erzählte, dass ich schon vier Ausschabungen hinter mir hatte. «Vier?», rief Siwan unnötig laut, «alle Achtung. Ich hab gleich erkannt, dass du zu uns gehörst; du hast es ja faustdick hinter den Ohren.»

Wir gingen raus zur Sitzbank, weil ich es zu Ende bringen und alles von Anfang bis Ende erzählen wollte, hemmungslos. Alles. Das erste Mal mit Ami, die Affäre mit Michaela und David Kochavi und die private Ausschabung – all die Geschichten, die ich ihr aufdrängte, begannen sich in meinem Kopf vernünftig zu ordnen, vielleicht nicht wirklich vernünftig, aber erklärlich. Ich erhielt eine Erklärung. Hatte was in der Hand. Eine Erklärung, mit deren Hilfe ich mich selbst zu verstehen suchte oder wenigstens behaupten konnte, dass es bei mir eben so abläuft. Und um der Erklärung willen war es mir egal, wie es ausgehen oder was Siwan denken und ob sie es gleich in alle Welt hinausposaunen würde. Mir kam es einzig und allein auf die Möglichkeit an, eine Erklärung zu finden. Ich bin so ein eigener Typ, mache kein Aufhebens, aber nicht, weil ich nicht nein sagen könnte, sondern weil ich immer meine, dass es vielleicht nett wird. Und nett ist alles, was ich suche. Und wenn ich mich ärgere, dann nur über diese fehlende Nettigkeit. Schließlich hatte ich ja vorher gewusst, dass Frauen nicht ewig Jungfrauen bleiben, wusste, dass man schwanger wird, wenn man keine Verhütungsmittel benutzt, wusste, dass beim Militär gefickt wird, wollte sogar. Wollte bloß, dass die Kerle nett sind. Ich bin nicht Siwan, ich horche nicht auf mein verrücktes Herz. Ich mache wirklich kein Aufhebens.

Siwan verstand mich bestens. Wir beschlossen zu feiern. Wir fanden Jovesch und Schemesch draußen Zigaretten rauchend und riefen sie zu einer dringenden Besprechung. Wir sagten, wir hätten es hier mit vier Ausschabungen zu tun und da sei eine Fete fällig. Das sei wirklich ein Megageburtstag. Wir wollten mindestens bis Mittag weggehen, danach würde unsere Abwesenheit im Hauptspeisesaal auffallen. Man könnte in die Stadt fahren, einfach zur Scheinkin-Straße. So in Pyjamas rumlaufen, vier im Pyjama, einer für jede Ausschabung, und schlicht mal vier Wodkas zum Frühschoppen kippen und hinterher alle gemeinsam in Joveschs Flasche pinkeln. Für Jovesch war Geld kein Problem, und auch mir hatten die Eltern was dagelassen. Wir kommen klar, können zurück vielleicht sogar ein Taxi nehmen. Jovesch ging die Flasche suchen, damit wir nachfüllen konnten.

Wenn ich mit dem Wehrdienst fertig bin, werde ich Biologie studieren, vielleicht Medizin. Ich würde für mein Leben gern mit Mitbewohnern in so eine Mietwohnung mitten in Tel Aviv ziehen. Tagsüber Studium, abends kellnern. Vielleicht wünsche ich mir von den Eltern zur Entlassung sogar einen Barkeeperkurs. Und ich werde schlank und attraktiv in interessanten Klamotten aus dem Secondhandshop rumlaufen. Eine blendende Erscheinung, wie Siwan es sein könnte, wenn sie ihre Ideen nicht hätte. Eine blendende Studentin.

Die Leute hatten kaum ein müdes Lächeln für unsere Pyjamas übrig. Dachten sicher, wir seien aus dem Militärkrankenhaus abgehauen, um zur Feier meiner vierten Ausschabung einen Wodka zu kippen. Die hier kann nichts mehr verblüffen. Jedenfalls war es nett, in Pyjamas im Café zu sitzen, die Sonne zu genießen und die Menschen auf der Straße auf und ab schlendern zu sehen. Ich spürte völlig klar das Verlockende dieser merkwürdigen Welt, das dir Lust macht, dazuzugehören. Nicht bloß mal in den Bus zu steigen und an die Orte zu fahren, an denen Menschen im Traum leben, sie nicht nur zu sehen, diese ausgefallenen Typen, die eine Band haben oder Models sind, spät aufstehen, oder einfach Gesichter, die ich aus den Klatschspalten kenne, das Ganze nicht nur anzugucken, sondern Teil davon zu sein. Damit einer, der, sagen wir mal, aus Bat Jam kommt, auch mich für wen hält, für einen interessanten Menschen, ich ihm irgendwie bekannt vorkomme, so eine mit einem unglaublich guten Klamottengeschmack. Wir starrten auf die Straße und erwähnten meine Ausschabungen mit keinem Wort. Wir fühlten uns wohl mit all unseren Problemen, die uns hier ohne Belang schienen. Die Luft war leicht.

Um halb zwölf, als gerade erst eine Minute um zu sein schien, sagte Siwan, wir müssten aufbrechen. «Wir könnten vorne rausgehen, ohne zu bezahlen», schlug sie vor. Wir versuchten es, doch der Kellner rannte uns mit der Rechnung nach. Jovesch zahlte, ohne ein Trinkgeld zu geben. Der Kellner zischte uns «kleine Gauner» nach und machte sich davon. Wir kamen mit zehn Minuten Verspätung zum Mittagessen. Naomi war aufgebracht: «Sag mal, wo treibst du dich eigentlich rum, dir ist doch wohl klar, dass du eine Lungenentzündung hast? Du musst im Bett bleiben, Antibiotika nehmen und möglichst viel schlafen!»

«Du solltest dich was schämen», donnerte Siwan vom Ende der Schlange an der Essensausgabe, «Lungenentzündung!»

Am Nachmittag hielt ich tatsächlich Bettruhe. Siwan redete lange mit Jaron, in ihrem Zimmer, bei geschlossener Tür. Es war heiß und langweilig. Der Ventilator drehte sich träge und mit pausenlosem Rattern, wie er es hier schon zu britischen Mandatszeiten getan hatte. Brigadegeneral David Kochavi betrat mit Naomi das Zimmer, in der Hand ein Körbchen mit Naturseifen und Körperölen. «Ich danke dir, Naomi, und grüß Rafi, wirklich der beste Stabsarzt, den wir in der Armee je hatten.» Bei mir angekommen, verfinsterte sich sein Blick. «Wieso ruft man nicht an, meldet so was gar nicht? Mir fällt auf, dass ich dich einen Tag und noch einen Tag und noch einen Tag nicht im Büro sehe, bis ich mir schließlich sage, hier stimmt was nicht. Was denn, einfach so spurlos verschwinden? Ich geh hin und frag deinen Irad, was los ist, wo du abgeblieben bist, und von ihm erfahre ich, dass du im Krankenhaus liegst. Sag mal, steht mir als Vater dieses Problems keine Auskunft zu?»

«Es ist nicht dieses Problem», erkläre ich ihm, kann jedoch nicht mehr den Respekt aufbringen, den ich ihm früher entgegenbrachte, «es ist bloß eine Lungenentzündung. Die hat gar nichts damit zu tun.» Seine Miene entspannt sich, aber nicht ganz. «Und wenn's eine Lungenentzündung ist – hab ich dann keine Benachrichtigung verdient? Haben wir's nicht nett gehabt im Hotel, auch wenn's hinterher war? Wenigstens für mich war's nett.» War es, war nett, bestätige ich. Ich will, dass er abhaut. Wenn die Kumpels hier schon von den Ausschabungen wissen, sollen sie wenigstens nicht ahnen, dass es mit ihm war. Das macht es erst richtig ekelhaft. Bloß ein kleiner Dicker, ein alter Glatzkopf, bei dem keiner mich verdächtigt, dass ich es aus freien Stücken getan habe. Und bei dem allen klar ist, dass er auch keine übergroße Auswahl hat. «Willst du mir sagen, dass das, was zwischen uns war, gar nichts ist?» Er fixiert mich mit diesem Blick, als wollte er mir gleich ein bisschen Spucke auf die Hand tun und seine Latte reinstecken.

4

Tolle Tage. Ich fühle mich auf einmal bestens, mit Jovesch und Schemesch und Siwan und mit Jaron manchmal. Alles Unsinn. In zwei, drei Tagen werden sie mich entlassen – und Jaron auch. «Du kehrst tatsächlich auf den Stützpunkt zurück», erklärt mir Siwan, während sie sich ihr Standardbrot mit weißem Käse und einem Berg Marmelade darauf macht, «aber Jaron kommt hier nicht ohne mich raus. Das hat er nach dem sehr wichtigen Gespräch heute Nacht selbst eingesehen. Denn er persönlich hat mich heute Nacht zum ersten Mal in meinem Leben gefickt. Gestern Abend, als ihr alle zum Fernsehen im Klubraum wart, habe ich mit meinem Mann auf dem Rasen hinter dem Müllraum geschlafen. Ja, das habe ich. Und der ganze Hintern hat mir gebrannt vor Grashalmen, Kies, Scheiße, Glassplittern, und jede seiner Bewegungen hat mir innen wehgetan, aber ich wusste, das ist mein erstes Mal, und ich hab ihm gesagt, bei mir ist das erste Mal das letzte Mal. Weil er mein Mann ist, weil mein Herz mir das mit völliger Gewissheit sagt. Ich wusste zwar nicht, *wer* er ist, wusste aber sehr wohl, *dass* er’s ist. Und er ist nicht weggelaufen. Er hat mir gesagt, schon als Kind habe er das Gefühl gehabt, dass sein Leben vorbestimmt sei, dass es darin keinerlei Zufälle gebe, dass alles, was ihm jemals geschehen wird, bereits feststeht und er gar nicht darüber nachdenken muss, was er machen soll, sondern es einfach weiß, denn auch er sei ein Mensch, der allein auf sein Herz hört. Das sei die einzige Möglichkeit für ihn. Etwas anderes könne er sich nicht vorstellen.»

Ihr Wahnsinn geht mir auf den Geist. Ich meine, es wird wirklich Zeit, dass ihr jemand widerspricht, ihr den Unsinn ausredet. Okay, vielleicht hat sie im Prinzip recht, aber was ist, wenn sein Herz ihm nun gerade rät wegzugehen? Was passiert, wenn er das in den nächsten Tagen tut? Ich hoffe nur, dass ich dann nicht mehr hier bin. Denn ich könnte es nicht mit ansehen und mit anhören, könnte nicht in dem Wissen leben, dass das neben mir abläuft. Ich will mir dieses Leid nicht vorstellen. Ich will nicht miterleben, was sich hier im Krankenhaus abspielt, wenn Jaron in zwei, drei Tagen zu seiner Einheit entlassen wird.

Ich möchte ihr sagen, dass es nicht immer beim ersten Mal klappt. Ich möchte, dass sie sich auf diese Möglichkeit einstellt. Ich möchte ihr sagen, dass sie hier eine Ausstiegsstation hat. Er wird bald gehen, und sie überlebt es und ist drüber weg. Ich möchte ihr sagen, dass es doch schade wäre, dass das Leben interessant ist, gerade die dummen Kleinigkeiten des Alltags – ein Fleck auf der Uniform, ein Witz im Speisesaal, von Augenblick zu Augenblick, nicht im Großen –, aber sie schenkt sich süßen Frühstückstee ein, starrt hinein und wartet auf Anweisungen von ihrem Herzen.

Jaron war nicht zum Frühstück erschienen, aber Jovesch und Schemesch kamen verspätet und setzten sich zu uns. Beide waren offenbar im Bild, denn sie blickten sie besorgt an: «Siwan, Siwan, hallo», aber sie hatte das verträumte Lächeln von einer, die nicht aufwachen will. Schemesch holte Naomi und sagte ihr, er sei zwar kein großer Fachmann, aber dies hier sehe ihm übel aus. Naomi half Siwan auf, bot ihr die Schulter auf dem Weg zum Zimmer – und dort ab ins Bett, mit frischen Laken zudecken und schlafen. Vierundzwanzig Stunden schlief Siwan. Vierundzwanzig Stunden an einem Stück. Vierundzwanzig Stunden, in denen das ganze zehnköpfige Stationsteam und alle Patienten, rund dreißig Mann, darauf warteten, dass sie aufwachte. Jovesch, Schemesch und ich warteten gemeinsam auf dem gepflasterten Hof. Die Nachmittagssonne wich den Zwischentönen der Abenddämmerung. Wir saßen da und überlegten, was zu tun sei. Uns und allen war klar, dass man sie nicht wecken durfte. Wir verhielten uns leise. Weiche Schritte, behutsame Bewegungen, viel Engelsgeduld. Und Siwan schlief und schlief.

Gegen Abend kehrte Jaron von einem langen Untersuchungstag in Außenambulanzen zurück. Die Stille ringsum kam ihm komisch vor. Alles, weil Siwan schlief? Wenn wir so weitermachten, würde sie in hundertjährigem Schlaf versinken. Aber Naomi, die aus Verantwortungsbewusstsein und aus Neugier, weil sie den Schmetterling zu gern aus der Puppe schlüpfen sehen wollte, auch noch die Abendwache übernommen hatte, ließ ihn nicht zu ihrem Zimmer durch. «Geh in dein Bett», sagte sie energisch, «nach all diesen Untersuchungen musst du mindestens zwei Tage liegen.»

Auch die Nacht schliefen wir nicht. Das heißt, manche warteten im Halbschlaf, aber alle warteten. Die Warterei machte uns auf die Dauer verrückt. Man konnte über nichts reden, nur warten. Hoffen, dass es in Ordnung gehen würde. Die Frage war nur, was hieß in Ordnung? Was war gut für sie? Vielleicht wäre es am besten, sie würde ihn vergessen? Vielleicht sollte man ihn zwingen, sie zu heiraten? Vielleicht würde er es freiwillig tun? Vielleicht wäre es am besten, ihn jetzt verschwinden zu lassen, solange sie noch schlief?

Jovesch pinkelte kein einziges Mal, weil nach dem Frühstück keiner was essen und trinken mochte, wie an einem Fastentag, der erst mit dem Frühstück am nächsten Morgen endet, denn da öffnete sich auf einmal Siwans Zimmertür, und sie kam mit frisch gewaschenem Gesicht und ordentlich zusammengefasstem Haar heraus, und alle fragten sich, was los war.

Wir stiegen alle aus den Betten und gingen zum Speisesaal, stellten blitzschnell Brotkörbe und Käse und Oliven und Marmelade auf die Tische, und der Koch setzte Teewasser auf. Siwan wartete geduldig, bis wir das Frühstück fertig aufgedeckt hatten, doch man konnte aus ihren Augen rein gar nichts ablesen. Alle schielten zu ihr hinüber, ohne, dass es etwas zu sehen gab. Irgendwie schlief sie immer noch, als wäre sie seit gestern, als Naomi sie nach dem Frühstück schlafen gelegt hatte, nicht mehr aufgewacht. Vielleicht würde sie nie mehr aufwachen? Wir aßen still, warteten.

Siwan schob ganz natürlich ihren Stuhl zurück, und das laute Rucken gab uns allen das Zeichen zum Aufstehen. Wir gingen ihr nach und stoppten an ihrer Zimmertür, starrten auf die zurückgezogene Gardine, wagten nicht, uns zu erkundigen, sie zu fragen, zu erinnern, aufzuwecken. Naomi schickte uns weg. Ich ging mit Schemesch und Jovesch raus auf den gepflasterten Hof, um dort auf der Bank zu warten, wo die beiden ständig Zigaretten rauchten, Schemesch mehr, Jovesch weniger. Und siehe da, Siwan verließ zum Mittagessen ihr Zimmer und ging wieder zum Speisesaal. Wir sausten alle hinterher. Und wieder dasselbe Verhalten wie am Morgen. Als ob nichts geschehen wäre, als ob in ihrem ganzen Leben nichts passiert wäre, als gehörten die aufgeschnittenen Handgelenke jemand anders.

Nun fingen wir an zu lärmen, die ganze aufgestaute Erwartung entlud sich schlagartig im Raum, machte die Luft schwer und stickig. Wir prallten an Gegenstände, drängelten in der Schlange, riefen «gib mir mal rüber» und dachten, na ja. Wir hatten die Sache also für nichts und wieder nichts aufgebauscht. Noch hatte sie Jaron nicht gesehen, der auf Naomis Anweisung im Bett steckte, vielleicht wegen der erschöpfenden Untersuchungen und vielleicht ihretwegen. Aber jetzt hatten wir schon Lust, ihn mal kurz herzuholen, um zu sehen, was passieren würde. Am Tisch hinter mir erklärte irgendeine Sigi leise ihren Freundinnen, es gebe keinen Grund, eine derart Irre im Militärkrankenhaus zu behalten, so eine gehöre eindeutig in die Klapsmühle Schalwata, denn sie sei für sich selbst, vor allem aber für ihre Umgebung gefährlich. Ringsum kamen jetzt laute Gespräche über alle möglichen anderen Themen auf, vielleicht in dem Versuch, der Sache auf diese Weise näherzukommen. Vielleicht würde ja auch Siwan endlich mal was sagen, und wenn sie dabei nicht auf die Sache einging, wäre es ein Zeichen, dass sie in Ordnung ist. Aber Siwan schwieg. Als hätte sie nichts zu berichten, aber sie war ganz da.

Als sie sich vom Stuhl erhob, folgten wir ihr nicht mehr, erfuhren nur von Naomi, dass sie Jarons Zimmer angesteuert, hineingelugt und wieder ihr Zimmer aufgesucht hatte. Aber auch dieses Hineinlugen war nicht eindeutig zu interpretieren gewesen. Auf einmal hoffte ich, hier rauszukommen, ehe all das explodierte. Und vielleicht war die Hoffnung berechtigt. Die Temperatur sank, ich musste nur noch die Untersuchungsergebnisse abwarten.

5 Mutter rief an. Etti hätte eine Untersuchung im Tel Haschomer Krankenhaus, danach würden sie kurz reinschauen, mir saubere Kleidung und gutes Essen bringen. Bei Etti sei es nur eine normale Vorsorgeuntersuchung. Die Schwangerschaft verlaufe bestens. Es gebe keinerlei Schwierigkeiten mit der Schwangerschaft. Alles in Ordnung. Eine normale Schwangerschaft, wie sie im Buche stehe. Vorerst, unberufen. Auch bei mir ist alles in Ordnung, sagte ich, das Fieber sinkt, und in ein, zwei Tagen spätestens bin ich draußen. Gut, aber wie ich dann höre, steht Etti vor der Scheidung. War kaum sechs Monate verheiratet und lässt sich jetzt mit einem Achtmonatsbauch scheiden. Etti weint ein bisschen. Wegen der Schande. Wirklich nicht angenehm. Bei manchen Leuten hat sie's noch gar nicht geschafft, sich für die Hochzeitsgeschenke zu bedanken. Aber sie hätten's mir halt erzählen müssen. Auch wenn ich nicht nach Hause kommen wollte, gehörte ich zur Familie.

Ein Glück, dass Vater keine Hypothek aufgenommen habe, sagte Mutter. Vater und ihr sei das von Anfang an nicht geheuer gewesen. Joavs Mutter habe ihrem Sohn ja den ganzen Tag in den Ohren gelegen, er hätte was Besseres verdient, bis er's am Ende selbst glaubte. Ein Glück, dass Vater in weiser Voraussicht kein Geld für eine Wohnung gegeben habe. Es sei noch nicht zu spät, habe die Mutter ihrem Sohn dauernd eingeredet, er habe zwar einen Fehler gemacht, aber es sei noch nicht zu spät, ihn zu korrigieren. Ein bisschen unangenehm, aber notwendig. Er werde zahlen, was er müsse, werde Vater sein, aber eine Frau finden, die seiner würdig sei. Etti käme schon klar. Ein Glück, dass Vater gleich erfasst habe, dass diese Giftschlange ihnen die Ehe kaputt machen wollte. Ein Glück, dass Vater begriffen habe, dass Etti das auf die Dauer nicht aushalten würde, und so sei es für beide, für sie und auch für Joav, besser gewesen, vorerst in einer Mietwohnung zu bleiben. Mutter zog ein Papiertaschentuch aus der Handtasche und wischte sich die Augen. Etti wird wieder zu Hause wohnen. Es wird eng werden, aber wir kommen zurecht.

Etti kehrt also nach Hause zurück und Mutter zu Vater. Und Vater – der hat eine Familie zu versorgen. Da läuft er nicht so schnell weg. Von wegen junges Paar, und wo sind all die Träume hin, die er vorher hatte. Und dann seine Sekretärin, die zwischen ihnen sitzt, alles furchtbar kompliziert. Keines der Kinder zieht aus und geht woanders hin. «So ist das», sagte Mutter und wischte sich wieder die Augen, «er war mein Erster, und ich habe mein Leben längst nicht mehr in der Hand. Es liegt in seinen Händen. Ich kann nicht allein klarkommen. Er schuldet mir alles, einschließlich sich selbst.» Ich wusste nicht, ob sie mir oder Etti antwortete, aber es war mir wichtig zu wissen. Denn wenn sie Etti meinte, hieß das, Etti würde für immer und ewig bei der Familie hängenbleiben. Joav ist nicht nur ihr Erster, er ist auch der Vater ihres Kindes. Jeder bekommt eine Chance, und sie hat ihre vertan. Aus Mutters Sicht bedeutet das, Etti wird Vater und Mutter zwischen den Beinen herumlaufen wie eine einzige große Schande, sie und ihr Baby. Andererseits, wenn Mutter mich angesprochen hat, dann ist das Unsinn, sie weiß nichts über mich. Mutters Weinen schwoll etwas an, und sie standen auf und gingen.

Jaron kam auf den gepflasterten Hof heraus. Er konnte nicht glauben, dass Siwan schon wieder schlief. Wie kann sie bei diesem Lärm bloß schlafen? Sie schläft deinetwegen, erwiderte ich ihm, genau als Schemesch und Jovesch fragten, ob sie sich dazusetzen dürften. Schemesch erklärte, bei Siwan sei das echt. Das sei kein schlechter Trip, das sei, das Leben lang auf einem schlechten Trip zu sein, weil ihr Gehirn angeschlagen sei, weil sie diesen Trip auf natürliche Weise im Gehirn sitzen habe. Aber man müsse einmal auf einen schlechten Trip gehen, um zu wissen, was er meine. Jovesch und Jaron rühren keine Drogen an, und Jovesch meint, wenn Jaron hier rechtzeitig abhauen würde, wäre die Sache geregelt. Aber Jaron regt sich nicht auf. In jedem Fall wird alles in Ordnung gehen. Ich komm nicht mehr mit, vielleicht weiß Jaron besser als wir alle, was mit Siwan los ist. Vielleicht ist er wirklich ihr Mann. Vielleicht hat ihre Müdigkeit sich deshalb durchgesetzt, weil sie ruhig und gewiss ist.

Beim Abendessen saß er schon neben ihr, aber sie behielt diesen komischen Gesichtsausdruck. Nur notwendige Sätze: «Kannst du mir bitte die Kanne rüberreichen?» «Gib mir bitte die Oliven.» Als Naomi mir vor dem Essen das Fieber maß, war es niedrig. Wenn es morgen Abend ganz weg ist, werde ich am Tag darauf entlassen. Ich ertrage diese Spannung kaum noch. Ich möchte auf den Stützpunkt zurück. Ich hab Lust auf den Major von der

Panzertruppe, und ich hab auch Lust, was zu unternehmen. Etwas, das bezeugt, dass ich die ganze Zeit im Bild gewesen bin, dass ich mir auch nicht alles gefallen lasse, dass ich zwar nicht verrückt bin, aber einfallsreich, wenn es darum geht, mich zu rächen.

Am Morgen war ich fieberfrei. Vielleicht entlassen sie Jovesch. Seit er meinen Urin einreicht, sind sie mit den Befunden sehr zufrieden. Kein Protein im Urin, helle Farbe, wie bei einem, dessen Nieren völlig gesund geworden sind. Jovesch, Jovesch, verlass mich nicht. Jovesch, du bist der einzige Freund, den ich hier habe, der einzige Mensch, mit dem ich reden kann. Jovesch, noch ein paar Tage, komm, bleib noch ein bisschen, ich halt es hier ohne dich nicht aus. Kein Problem. Er wartet auf mich. Nimmt vorerst etwas Urin von Schemesch, damit sie ein paar Proteine finden. Jovesch und ich gehen spazieren, einfach so, im Allgemeinen Krankenhaus außerhalb der Militärabteilung. Das macht uns Spaß. Erinnert uns an die Scheinkin-Straße. Erinnert uns daran, dass wir Freunde sind.

Jovesch streichelt mir die Schulter, schiebt seine Finger in den breiten Ausschnitt des Pyjamas. Ich fühle mich weich, empfinde eine weiche Nacktheit unter der groben grünen Baumwolle, trage weder BH noch Slip, alles ist frei und locker und genießt die Berührung seiner Finger, die etwas Kindliches an sich haben und deren Berührung weder peinlich noch sexy, sondern freundschaftlich ist, von Freunden, die einem angenehm sind. Wenn wir zu zweit sind, wissen wir, es ist alles Unsinn. Vielleicht ist er dann ja mein Mann, denn unsere Herzen sagen dasselbe. Seine Hand wandert von der Schulter in den Nacken, massiert ihn genau richtig dosiert, zwischen Streicheln und Schmerz und Liebe, aber keines davon ganz. Ich schnurre. Wir sind schon beim Hotel des Krankenhauses. Er zieht mir eine Dose Saft aus dem Automaten, und wir legen uns auf den Rasen vor dem Hotel. Er beugt sich über mich und schiebt mir die Hand von unten unter die Bluse, streichelt mir den Bauch, macht mir Lust, dass er meine Brust berührt, und er tut es, als sei sie die Fortsetzung des Bauches. Nach einer Viertelstunde Kuscheln stehen wir vom Rasen auf, umarmen uns, küssen uns, schmiegen uns aneinander, wie auf einer Postkarte mit der untergehenden Sonne im Hintergrund. Und es beruhigt mich nun gerade, genau zu wissen, dass wir, obwohl er mich versteht, nicht der Mann und die Frau füreinander sind. Eine Verliebtheit für die Dauer einer Postkartenaufnahme bei Sonnenuntergang. «Mach dir keine Sorgen, wir gehen hier zusammen raus», verspricht er, und ich spüre, dass ich mich voll und ganz auf ihn verlasse, dass wir Freunde sind und es mir angenehm ist, dass er nur mit Männern schläft. So war das immer bei ihm, vom ersten Mal an und noch ehe es anfing.

6 Schwarze Nacht auf der Station. Schwarze Nacht in meinem Kopf. Jovesch kriecht zu mir ins Bett. Wir fürchten uns beide vor der Stille. Wir wissen nicht, warum gerade diese Nacht, aber alles fühlt sich furchtbar gefährlich an. Vielleicht ist es Siwan, die am Abend für eine halbe Stunde aufgewacht, dann wieder eingeschlafen war und sich jetzt unruhig im Bett wälzt. Vielleicht sind es die seltsamen Brummtöne, die sie im Schlaf ausstößt. Vielleicht ist es der neue Arzt, der Dr. Semel abgelöst hat und erst klasse und nett aussah, aber später bestimmte, dass hier mal Ordnung reinkommen müsse. Vielleicht ist es sein Geschrei auf dem Gang, psychiatrische Fälle gehörten in die Geha-Klinik und nicht in die Militärabteilung. Vielleicht ist es seine ruhige Anweisung von vorhin, dass sie morgen früh als Erstes hier wegkäme. Und vielleicht haben wir einfach genug von diesem Delirium und wollen raus. In Siwans Zimmer flammt Licht auf, geht an und aus. Jovesch und ich umarmen uns fest. Hier wird man schon vor lauter Angst krank.

Jovesch fürchtet, vor Angst zu sterben. Ich fürchte, mich in ihn zu verlieben. Wir schmiegen uns eng aneinander, wie zwei Geschwister im Dunkeln. Wieder geht in Siwans Zimmer das Licht an. Wieder erlischt es, aber man hört ihre Schritte auf dem Gang, weich und schlurfend in Pantoffeln. Jovesch setzt sich im Bett auf. Siwan kommt herein. Sie sieht völlig in Ordnung aus. Einen Moment, sie muss pinkeln. Jovesch geht ans Waschbecken, um sich das Gesicht abzuspülen. Es bleibt nichts anderes übrig, auch ich steige aus dem Bett. Es war schön, mich gemeinsam mit Jovesch zu fürchten. Schön und vorbei. Wir machen die Tür zu und schalten die Nachtlampe ein. Alles ist still, man hört keinen Laut. Jovesch und ich können ihr nichts davon erzählen, bringen aber auch kein Wort über ein anderes Thema heraus. Die Stille ist angespannt, beklemmend, furchtbar einschläfernd.

«Kommt, wir machen eine Séance und sehen mal, was die Zukunft bringt», schlägt Siwan unvermittelt vor, und tatsächlich gibt es keine passendere Nacht und keine passendere Stimmung und keine dringenderen Fragen als die, die uns auf dem Herzen lasten. Man möchte nichts lieber wissen als wie sie enden wird, diese ganze Situation, und wann wir wieder auf die Erdkugel entlassen werden. Siwan geht auf ihr Zimmer und holt ihr vorbereitetes Stück Bristolpappe, auf das sie im Rund alle Buchstaben mit feiner schwarzer Tusche geschrieben hat, wie auf einer Thorarolle, und in der einen unteren Ecke hat sie zwei gleiche Kreise gemalt, mit einer zarten, feinen Randverzierung, und darin stehen die Wörter «ja» und «nein», für die Antwort des Geistes. Ich hole ein Glas aus dem Waschraum. Jovesch, Siwan und ich halten uns ganz fest an den Händen.

Zunächst ist das unterhaltsam, das heißt, es vertreibt die Angst. Wir versprechen einander flüsternd, immer zusammenzuhalten, in guten wie in schlechten Tagen, bei Ruhe und Sturm, in Liebe und Leid. Aber zwischen den Lachsalven flackert die Angst auf, denn uns allen ist klar, dass es schlecht enden wird, dass wir Freunde in schlechten Tagen, bei Sturm und im Leid sein werden.

Als würde rings um uns her alles brodeln und branden, ein stürmisches Meer in schwarzer Nacht. Wir wussten, es war nur eine Frage der Zeit, letzten Endes würden wir alle drei ertrinken, und wir wussten auch, dass Michaela kommen würde. Ich spürte sie, als wir das Glas berührten. Ich wusste, dass der erste Buchstabe das M sein würde, der zweite das I, der dritte das C, der vierte das H, der fünfte das A, der sechste das E, der siebte das L, der achte wieder das A. Ich wusste es, noch ehe das Glas beim M anhielt.

Siwan beharrte auf Identitätsüberprüfung: Bist du Soldatin? Das Glas glitt zum Ja-Kreis. Hast du bei der Kämpfenden Pionierjugend gedient? Es glitt zum Nein. Hast du auf dem Stützpunkt der Hochschule für Stabs- und Kommandooffiziere gedient? Es glitt zum Ja. Hast du dich erschossen? Das Glas bebte ein wenig im Kreis des Ja. Danach stellten wir simple Fragen. «Wird Etti geschieden?» Die Antwort lautete «ja». Wird Joveschs Vater sterben, wenn er es erfährt? «Nein.» Begreift man im Kibbuz, was mit Siwan los ist? «Ja.» Aber Jovesch und ich stellten nicht die Frage, die uns am meisten interessierte: ob Jaron noch heute Nacht Siwan retten und mit ihr fliehen würde oder ob sie morgen in die Geha-Klinik käme. Nach langem und frostigem Schweigen fragte Siwan, ob Jaron morgen entlassen würde, und in dem Moment, in dem das Glas mit nein antwortete, begann sie am ganzen Leib zu zittern und mit sonderbarer Stimme zu sprechen, einer Stimme, die sie für Michaelas hielt und die sich tatsächlich sehr ähnlich anhörte. «Er wird nicht entlassen», sagte die Stimme, «du wirst entlassen ... Du kommst in eine Welt, in der man niemanden mehr braucht, in der die Menschen einen gesetzlichen Anspruch auf Rettung haben. Wenn du dich nicht entschließt, morgen normal zu werden und ihnen das zu erzählen, was sie hören wollen, dann sperren sie dich in die Geha-Klinik, wie du es heute laut und deutlich auf dem Gang gehört hast. Deswegen lautet die Frage nicht, was mit Jaron wird, sondern was mit dir wird. Wofür du dich entscheidest: hier und jetzt Schluss machen und für immer verrückt werden oder dieses normale, langweilige Spiel mitspielen, in dem du nicht besonders gut bist.»

Siwans Stimme nahm nach und nach wieder ihre gewöhnliche Klangfarbe an. Wir klappten den Karton zusammen und machten Licht. «Du musst dich retten, ein Irrenhaus ist kein Spaß», sagte Jovesch leise. «Ich hab so eine Schwester. Das ist nicht so lustig, wie es aussieht. Es ist auch kein Kunststück, ihnen nachzugeben. Das Kunststück ist, so auszusehen wie sie, aber ganz anders zu denken. Die Wahrheit zu kennen, sie aber keinem zu verraten. Das Kunststück ist, im Untergrund zu arbeiten. Den Apfel erbarmungslos auszuhöhlen. Aber dazu muss man ein Wurm sein. Sieh mal her, Siwan, schau mich an. Von meinem eigenen Urin hab ich ihnen keinen Milliliter gegeben. Ich trickse sie aus. Bleibe hier so lange, wie's mir passt, und werde obendrein noch hingebungsvoll und fürsorglich gepflegt. Guck dir das ab, Siwan. Das heißt nicht scheiße sein, sondern ihnen einfach nicht in die Hände zu fallen. Haben sie nicht verdient.

Das ganze Kunststück ist, erst mal rauszukommen und sie dann zu verarschen. Und wir werden sie verarschen. Nicht wegen ihrer Schwächen, sondern wegen der Erniedrigung. Einerseits sagen sie dir, du bist Soldat, du bist ein Mann, andererseits demütigen sie dich wie ein Baby. Sind die etwa normal, wenn sie mich hier wie einen Idioten mit dieser Flasche festhalten? Ich bin ein Mann, ich laufe nicht mit meinem Pipi in der Öffentlichkeit rum. Aber das kapieren sie ja nicht, diese aschkenasischen Ärzte samt ihren Krankenschwestern. Ein Krankenhaus kann solche Dinge nicht verstehen, denn das Krankenhaus ist eine aschkenasische Erfindung. Bei uns pisst man auf der Toilette, und wenn du nicht auf der Toilette pissen kannst, dann stirb lieber, denn das ist ein Zeichen, dass du kein Mann bist. Und ich bin ein Mann, ein Mann, der Männer fickt, was viel besser ist als ein Mann, der Frauen fickt. Ich mach ihnen keine Kinder, verstehst du? Ich mach diesen Aschkenasen keine Kinder, ich fick sie nur in den Arsch. Aber ihren Schwachsinn, dieses ganzen Tamtam um den Staat, den mach ich nicht mit. Kurz und gut, Siwan: Es reicht mit deinem Quatsch. Es reicht.»

«Okay», meinte Siwan, «aber wie überzeuge ich sie nun, dass ich mich beruhigt habe?» Jovesch blickte sie schier verzweifelt an. «Du sagst ihnen einfach, du wärst nicht fürs Militär geschaffen und wolltest in den Kibbuz zurückkehren. Glaub mir, du bist keine, um die sie kämpfen werden.» Siwan ging völlig entspannt hinaus. Jovesch kehrte in sein Zimmer zurück, und ich schlief ein.

7 Um sieben Uhr morgens kamen Naomi und der neue Arzt mit gezücktem Fieberthermometer und dem Entlassungsschein. Ich hatte kein Fieber, und es sprach nichts dagegen, mich für zwei, drei Tage nach Hause und von dort zurück auf den Stützpunkt zu schicken. Wenn ich bis acht Uhr fertig wäre, würden sie mir eine Mitfahrgelegenheit nach Rischon organisieren. Obwohl ich gewusst hatte, dass ich vor der Entlassung stand, kam es mir wie ein Wunder vor. Irgendwie hatte ich nicht mehr daran geglaubt, hier rauszukommen. Ich dusche gründlich, mit viel Shampoo und Seife, zupfe mir vorm Spiegel die Augenbrauen, denn inzwischen ist mir da ein richtiger Wald gewachsen, ziehe die saubere Uniform an, die Mutter und Etti mir gebracht haben, trage Lippenstift auf und gehe in den Speisesaal. Jovesch und Siwan sind schon da und auch all die anderen. Jovesch, frisch gewaschen und rasiert, bittet mich, als Abschiedsgeste in seine Flasche zu pinkeln. In den letzten zwei Tagen hat er alles aufgebraucht, was er im Kanister hatte.

Jovesch, Siwan und ich tauschen Blicke. Erinnern uns noch einmal daran, dass wir im Untergrund sind, dass wir nur dazu in die Welt hinausgehen, um Äpfel auszuhöhlen, dass wir uns durch heimliches, bösartiges Knabbern unseren Weg in die Freiheit bahnen. Wir drei wissen es noch. Siwan geht zu Naomi und bittet sie, ihr nach dem Frühstück und vor dem Versuch, sie zwangsweise in die Geha-Klinik zu verlegen, doch noch einen Termin beim Militärpsychologen zu geben. Naomi verspricht es. Alle Achtung.

In einer Dreiviertelstunde fährt der Kleinbus nach Rischon Lezion. Wir schwören einander, in Kontakt zu bleiben. Jovesch wird heute oder morgen auch entlassen, schließlich hatte er Schemeschs Urin nur meinetwegen benutzt, um noch ein, zwei Tage bleiben zu können. Meine restliche Zeit widme ich der Auffüllung des Kanisters. Ich trinke viel Wasser. Der Untergrund gibt unserem Leben einen Sinn. Ich spüre, dass ich pinkeln muss. Jovesch und ich gehen zu seinem Zimmer. Unterwegs ziehe ich eine Schekelmünze aus der Tasche und kratze alle Wände entlang. Ein gleichmäßig schmaler Riss bildet sich in der gräulichen Farbe. Das hätten wir.

Wir kehren in den Speisesaal zurück. Ich trinke noch drei Gläser Wasser. Jovesch und Siwan reden von den Niagarafällen und machen pschpschpsch, um mir zu helfen. Jovesch und ich gehen wieder in sein Zimmer. Ich hab noch mal was für den Kanister. Unterwegs mache ich einen weiteren Kratzer mit einem Messer, das ich aus dem Speisesaal habe mitgehen lassen. Etwas höher als den vorigen Kratzer, aber viel breiter und tiefer. Wie eine Ackerfurche im Lesebuch für die zweiten Schulklassen.

Siwan geht, um für den Termin mit dem Militärpsychologen ihre Uniform anzuziehen. Sie hat eine Tüte Zucker unter dem Pyjama versteckt und hinterlässt damit eine weiße Zickzacklinie auf dem Boden. Auf dem Rückweg zum Speisesaal, nunmehr sauber und frisch in Uniform, bespritzt sie die Wände mit Lysolfontänen aus einer Flasche, die sie in der Toilette entwendet hat. Wir setzen uns wieder an den Tisch im Speisesaal. Ich trinke drei letzte Gläser Wasser. Siwan und Jovesch machen leise und fröhlich pschpschpsch. Ein gänzlich subversives Pschpschpsch. Der Pschpschpsch-Untergrund, das ist unser Name, sagt Siwan, und wir verabschieden uns mit einem Kuss. Sie wartet auf ihren Termin beim Militärpsychologen, ich gehe, um das letzte Mal in Joveschs Kanister zu pinkeln und dann nach Hause zu fahren. Ich halte mich nahe an der anderen Wand, die Siwan nicht mit Lysol besprüht hat, weiche möglichst dem Zucker aus, dessen Körnchen unter den Sohlen knirschen, und hinterlasse einen langen purpurroten Strich Lippenstift.

Ich hocke mich wieder über die Öffnung des Kanisters. Es kommt nichts. «Konzentrier dich», sagt Jovesch ganz ruhig. «Konzentrier dich auf die wichtigen Dinge. Auf deinen Körper. Konzentrier dich auf die Säfte, die alle Röhren durchströmen, sich in den Nieren sammeln und in gewaltigem Strom nach draußen drängen, um all das aufzuschäumen, was du in Joveschs Kanister zusammengebracht hast.» Gischt auf der Pisse des Pschpschpsch-Untergrunds. Mein Körper beruhigt sich, erschlafft, der Kopf sackt nach vorn, die Schultern auch. Die entspannten Beine senken mich in breite Hockstellung über die Kanisteröffnung ab. Es fließt in Strömen, teils in den Kanister, teils auf Rock und Schuhe. Angenehm warm innen an den Oberschenkeln, kitzelnd an den Waden. «Super», ermuntert mich Jovesch, «jetzt pisst du.» Ich komme wie ein kleines Mädchen vom Kanister hoch. Wie ein Kindergartenkind, das das Kleidchen hebt und die nasse Unterhose vorzeigt. Nach einem Moment wunderbar süßen Lächelns von Jovesch, einem Moment Versinken in Wohlgefühl, einem Moment unglaublich angenehm befreiender Schande ziehe ich die Unterhose hoch und gehe zum Kleinbus hinaus.

Siebter Teil

OBERST ASSAF SAGIN

1 Mutter ist allein zu Hause. Freut sich, dass ich da bin. Geh, geh duschen, du hast einen strengen, unangenehmen Geruch an dir. Was macht Mutter all diese Stunden, die sie allein im Haus verbringt, nicht arbeitet, in der Küche hockt? Keiner weiß es. Stundenlang ist sie zu Hause, geht höchstens mal einkaufen, allenfalls zweimal die Woche. Was tut sie diese ganze Zeit über? Mutter hat es schwer. Mutter ist nicht begeistert davon, dass Etti jetzt mit Baby zurückkehrt. Was wäre denn schon passiert, wenn Vater ein bisschen Geld riskiert, wenn man dem jungen Paar eine Chance gegeben hätte. Aber Vater war ja von Anfang an überzeugt, dass es nicht klappen würde. Hat er Arbeit damit, dass das Mädchen mit Baby im Bauch zu ihm zurückkehrt? So ist das nun mal, sagt Mutter, sie ist meine Tochter, Kinder wird man nie los. Jetzt muss ich die Kraft für noch ein Baby aufbringen.

Bald kommt Etti von der Arbeit zurück. Vater hat im Sekretariat einen Job für sie gefunden, eine Aushilfsstelle im Coop, bis zur Geburt. Joav kommt nicht auf Besuch. Mutter meint, sie würden sich in der Stadt treffen, vielleicht nach der Arbeit, vielleicht am Abend. Man mag ja nicht mehr fragen, wo sie hingeht. Bald wird sie Mutter.

Wenn Vater erfährt, dass sie zurückkommt, bringt er sie um. Ganz einfach.

Unübertrefflich, Mutters Schnitzel nach dem Duschen und in sauberen Sachen. Mutter versteht die Dinge immer besser, schweigt aber immer. Sie gehört zur verschwiegenen Gruppe der traurigen Frauen, zu denen, die wissen, was zu tun ist, aber zu erschöpft sind, es durchzuboxen. Sie hat nicht die Kraft, sich anzulegen, nicht mit Vater, nicht mit Etti, nicht mit Joav und nicht mit dessen Mutter. Obwohl Mutter sieht, dass Joav Etti liebt. Ihren weiblichen Körper liebt, der neben ihm dunkel und wild aussieht. Mutter weiß, dass es für ihn keine Bessere gibt. Mutter weiß, dass sie Vater nicht erlauben dürfte, Etti das Leben kaputt zu machen. Aber ihr fehlt die Kraft zum Streiten. Sollen sie allein klarkommen, sind ja groß, die Kinder.

Trübselig daheim. Kobi kommt verschwitzt und stinkend aus der Schule, wirft die Sandalen in die Ecke und setzt sich an den Tisch. Mutters Rede bricht mit einem Schlag ab, und sie fängt an, Teller aufzutischen und eine Salve von Standardfragen auf ihn abzufeuern. Wie war's denn heute? Hattet ihr irgendeinen Test? Wann ist der nächste Test? Dann setzt du dich vielleicht mal ein bisschen auf den Hosenboden, kniest dich das letzte Jahr etwas mehr rein, damit du ein anständiges Zeugnis heimbringst? Kobi lässt sich durch das Gerede nicht stören. Er kaut gleichmütig und liest die Sportseite der Zeitung. Danach steht er auf, stellt den Teller in die Spüle und verzieht sich in sein Zimmer.

Mutter sitzt jetzt mit zwei Männern im Haus da, zwei Männern und einer halben Sekretärin. Jedes Abendessen endet mit Krach wegen dieser halben Sekretärin. Vater brüllt, «vielleicht lässt du mich mal in Ruhe», springt auf und knallt die Tür. Sie weiß sehr gut, wo er hinwill, sie weiß, dass er geradewegs zu dieser Schlampe läuft, sie weiß auch, dass er diese Streitigkeiten mit ihr sucht, um rauszukommen, um auch am Abend noch eine halbe Stunde mit ihr zu verbringen, nachdem sie schon den ganzen Tag bei der Arbeit zusammen waren. Sie weiß, dass alles, was sie sagt, in Streit endet. Sie weiß, dass er sie nicht mehr liebt, aber nicht das Geld hat, sich scheiden zu lassen. Sie weiß, er wird das letzten Endes einsehen, auf allen vieren zu ihr zurückkehren und sie bis zum Ende seiner Tage hassen. Macht nichts, sie hat Geduld.

Aber ich habe keine Geduld. Ich rufe Oberstleutnant Irad Schwarz an. Er freut sich, von mir zu hören, es ist ja schon etwas her. Ein Berg unabgelegter Unterlagen erwartet mich und an dessen Fuß ein Heer ungespülter Gläser. Pschpschpsch, sage ich ihm, man kann sagen, es hat sich nichts geändert. Pschpschpsch.

2 Um zehn Uhr war ich mit dem Ablagestapel durch. Vorher hatte ich die Gläser gespült und die verdreckte Ecke um den Samowar gewischt. Als wäre ich ein Jahr nicht hier gewesen und als hätte ich mich trotzdem keine Minute wegbewegt. Alles ist so vertraut, und alles ist so merkwürdig. Dieselben Menschen kommen und gehen, alle langsam und schwebend. Alles ist geschehen, und nichts ist passiert. Gerade mal eine Woche. Oberstleutnant Irad Schwarz ist damit beschäftigt, letzte Hand an seine Doktorarbeit zu legen, was bedeutet, dass ihn sonst nichts interessiert. Ich habe die Aufgabe, möglichst viele Probleme selbständig zu lösen, ihm den Rücken freizuhalten. Was ich allein schaffe, soll ich herzlich gern tun, was nicht – aufschieben, aufschieben, aufschieben.

Es gibt nichts aufzuschieben. Das einzige Problem ist, dass um halb eins alle ankommen, um Kaffee zu trinken. Dieses Problem kann ich unter keinen Umständen selbständig lösen. Nach meiner Brandverletzung halte ich in den Stoßzeiten Abstand vom Samowar. Ich beobachte von weitem, wie sie sich wie Aasgeier in Khaki auf diesen verwitterten Samowar stürzen, der aussieht, als wäre er hundert Jahre alt, ein Erbstück aus Pionierzeiten, wie sie ihm den letzten Tropfen Wasser abzapfen. Ihre Gesichter kenne ich, es sind mehr oder weniger dieselben Studenten, vielleicht fehlt jemand, aber es ist kein neues Gesicht darunter. Immer dieselben Sprüche: «Wo warst du? Wir dachten schon, du hättest die Nase voll von uns.» «Was denn, hast du im Krankenhaus krankgefeiert?», und:

«Hoffentlich waren die Nächte nicht zu einsam?» Und in diesem ganzen Trubel ist er nicht dabei, mein Major von der Panzertruppe, dessen Namen ich erst wieder in den Akten nachschlagen musste. Eigentlich war ja alles seinetwegen passiert, wegen seines verdammten Mitfahrangebots. Major Itai Katz aus Rischon Lezion. Und gerade ihn wollte ich nun unbedingt sehen. Einfach aus Neugier, einfach um ihm zu erklären, warum ich an dem bewussten Tag nicht ans Tor gekommen war, ihn zu fragen, wann er das nächste Mal nach Rischon fährt und ob ich mitkommen könnte. Aber er war nicht da. Als die Pause zu Ende war, sammelte ich die Gläser ein, stellte sie in die große orangefarbene Plastikwanne und ging zum Spülen zum Waschbecken im Toilettenraum. Danach wischte ich den Kaffeetisch mit dem stinkigen rosa Lappen und ließ mich schwerfällig, angeödet und halb ohnmächtig auf einen Stuhl sinken.

Plötzlich hatte ich Lust, nochmal seine Personalakte einzusehen. Um mehr über ihn zu erfahren. Die Telefonnummer abzuschreiben, obwohl in Klammern steht, dass es das Telefon im Haus seiner Eltern ist. Mir in Erinnerung zu rufen, wo er herkommt und welche Mobilmachungsbeorderung er jetzt während des Studiums hat. Komisch, ein Mann mit Mob-Beorderung, der noch bei den Eltern wohnt. Aber ich hatte gleich diesen seltsam kindlichen Zug an ihm bemerkt, dass er immer mit sich im Reinen ist und nichts von dem kapiert, was ringsum vor sich geht. So eine kindliche Nettigkeit. Vielleicht ist das das Besondere an ihm. Dass er ohne Hintergedanken nett ist, nett, weil das seine Art ist, weil er einfach ein netter Mensch ist, und das scheint mir eine viel eingehendere Beschreibung zu sein als all die Personaldaten, die in seiner Akte stehen. Was hab ich denn von der Anschrift seiner Eltern oder seiner letzten Station vor dem Studium? Aber dass er unberechnend nett ist, das ist was ganz anderes, etwas, das man über ihn wissen sollte, etwas, das ich, eine einfache Bürokraft hier, angefügt hätte, als meinen Beitrag für die künftigen Generationen. Ich werde es klein mit Bleistift am Rand vermerken.

Gut, vielleicht setze ich auch meinen Namen darunter. Damit er, falls er später mal zufällig seine Personalakte unter der Rubrik akademische Ausbildung einsieht und zufällig auf den kleinen Bleistiftvermerk in weiblicher Handschrift in der Ecke stößt, sich an diese Bürokraft da erinnert, die, wie ihm scheint, in Rischon Lezion wohnte und die er beinah mal im Auto mitgenommen hätte, und dann werden seine schönen braunen Augen ein paar Tränen der Enttäuschung vergießen. Oder vielleicht erinnert er sich an sie und nimmt Urlaub und sieht sie schließlich in einem Café in der Scheinkin-Straße, an der Grünanlage sitzen, und sie ist mittlerweile schon Universitätsstudentin und Barfrau dazu, und er lädt sie eines Abends in ein Restaurant ein. Und dort betrachtet er sie bewundernd bei Kerzenschein, wie schön und schlank sie geworden ist und wie hübsch sie sich kleidet. Und vielleicht wird der Generalstabschef eines Tages, wenn er mal Langeweile hat, die Akten der Studenten an der Hochschule für Stabs- und Kommandooffiziere durchsehen und dabei plötzlich diesen kleinen Vermerk lesen, und dann wird er ihn, den Major der Panzertruppe, dank dieses Vermerks zum Befehlshaber eines Territorialkommandos ernennen. Wird er jemals erfahren, dass ich ihm den ersehnten Posten verschafft habe? Wird er sich bei mir revanchieren?

Wer soll das wohl sehen, so klein, in der Ecke, in Silbergrau auf dem orangefarbenen Blatt mit den persönlichen Daten? Man könnte es einfach wegradieren. Ich ziehe seine Akte aus der Schublade, schlage die erste orangefarbene Bristolseite auf, das Formular mit den persönlichen Daten, und schreibe klein an den Rand: «Nett ohne Hintergedanken.» Und jetzt scheint es mir an der Zeit, das Büro zu schließen.

3 Nach dem Abendessen, als wir, Kochi und ich, unter der Dusche standen, bevor wir uns zu einer abendlichen Runde über den Stützpunkt aufmachten und ein bisschen im Büro des Offiziers vom Dienst rumhingen, erzählte mir Kochi, dass eine Neue zur gemeinsamen Einarbeitungsphase bei ihr im Büro erschienen sei. Kochi wird in zwei Monaten entlassen, ich in drei. Sicher kriegt sie einen Monat Entlassungsurlaub. Bürokraft in der Schirrmeisterei ist der lohnendste Posten. Oh, sie hätte da ein Angebot für mich, ein bisschen Geld nebenher. Schalom, irgendein Oberst aus den Gebieten, braucht

jemanden, der ihm seine Arbeiten tippt. Das könnte in einer guten Woche für eine Bluse oder Hose reichen und sei überhaupt nicht viel Arbeit. Klipp-klapp, noch eine Stunde im Büro. Nur dürfe man sich dabei nicht erwischen lassen. Sie weiß nicht, warum, aber es ist sicher nicht erlaubt.

Ekelhaft, mein Zimmer. Ich warf meine Uniform und das Handtuch auf den Boden und zog mit Kochi los. Obwohl es kühl war, nahm ich keinen Pullover mit, denn der macht mich dick. Die Studenten standen grüppchenweise im Speisesaal herum. Ihn sah ich nicht. Ich zittere mir hier einen ab, und er ist gar nicht da. Vielleicht ist ihm was passiert? Nach der Entlassung möchte Kochi Krankenhausverwaltung lernen, hat Lust, im Josephthal-Krankenhaus in Elat zu arbeiten. Bald bekommt sie ihr Zeugnis. Wir drehen eine Runde im Speisesaal, aber ich sehe ihn nicht. Aus dem Augenwinkel sehe ich Brigadegeneral David Kochavi. Er winkt mir, lächelt und setzt seinen Weg fort. Auch so ein Irrer. Kochi fängt meinen suchenden Blick auf, und ich verrate ihr, dass ich ein bisschen in einen Major von der Panzertruppe verknallt bin, Itai Katz, auch aus Rischon. Nach einer Minute Schweigen fragt Kochi, wie viele Ausschabungen ich schon hinter mir hätte, drei oder vier? Sei das mit diesem David Kochavi eine gewesen oder nicht? Woher wissen das denn alle, ich werde verrückt. Alle wissen alles und halten den Mund.

Auch ich hatte vorausgesehen, wie das mit Talila, Brigadegeneral Jair Dagans Sekretärin, dieser Sexbombe, ausgehen würde. Wir wussten doch alle, letzten Endes würde sie hier rausfliegen. Einen Monat ließ man ihn phantasieren, er sei in seine Sekretärin verliebt und würde mit ihr in eine Mietwohnung nach Tel Aviv ziehen und nichts sei zu spät und in seinem Alter ginge das richtige Leben erst los, und danach schickten sie ihn, auf Befehl von oben, zur Beruhigung nach Hause, zu seiner Frau. Talila kam natürlich als Erstes hier weg. Das hätten wir ihr damals gleich sagen können, als es gerade erst anfing und wir alle auf Almas Niederkunft warteten, aber wir haben nichts gesagt. Warum sollten wir uns so weit aus dem Fenster lehnen. Talila war ohnehin nicht wirklich nett oder wirklich eine von uns.

Ein Trottel, dieser Jair Dagan. Seine Frau wird ihm nie verzeihen. Vater weiß das auch, deshalb ist er nicht bereit, auf seine Bettkatze zu verzichten. Nicht mal fernsehen können sie gemeinsam, denn jedes Mal, wenn im Film geküsst wird, fängt Mutter an zu weinen. «Talila wird sich nach einer Woche kaum noch an ihn erinnern, aber er sitzt sein Leben lang mit seiner Frau fest», sagte ich zu Kochi und dachte an meinen Vater, bedauerte ihn sogar ein bisschen, und Kochi sagte: «Daran hab ich gar nicht gedacht, aber das macht mir richtig gute Laune.»

4 Ziemlich kalt bei Nacht. Das Fenster klemmt. Geht nicht zu. Ich dichte es mit einer Wolldecke ab. So, wenn alles auf dem Boden verstreut liegt und eine Wolldecke die Fensterscheibe ersetzt, dann fühlt sich das nach Militär an und zeigt, dass sich keiner mehr einen Scheiß um Disziplin und Ordnung kümmert, es besagt, dass dieses Militär langsam verrottet. Ich fühle mich selbstsicher. Es gefällt mir, dass ich meinem Major einen Vermerk in der Akte hinterlassen habe, es gefällt mir, dass ich bei diesem Schalom ein bisschen Geld nebenher verdiene, vielleicht für Fahrstunden nach der Entlassung. Ich brauch ja nichts anderes mehr zu tun, als das Ende im Leerlauf zu erreichen, den Hang runterzugleiten. Andererseits, wenn ich schon mal hier bin, warum dann nicht bis zum Schluss? Warum nicht alle Möglichkeiten ausreizen? Schließlich werde ich so was nie wieder erleben. Meine letzten drei Monate außerhalb der Welt. Denn von hier aus, vom Militär, gehe ich ja geradewegs nach Hause, zu Vater und Mutter, zum Pädagogik- und Biologiestudium an die Bar Ilan Universität und steige in ein Auto zu meinem Freund, den ich heiraten werde.

Ich ziehe den Pullover über den Pyjama und streife über den Stützpunkt. Ich möchte ihn sehen, ihn vielleicht fragen, ob er einen anderen Vorschlag hat. Schließlich wohnt er auch bei den Eltern in Rischon. Es ist kalt und dunkel, und deshalb will ich jetzt erst recht. Ich hab Lust, noch weitere kleine Bleistiftvermerke in seiner Personalakte anzubringen: faszinierend, gutaussehend, muskulös, kindlich, männlich, feinfühlig, und dann um jeden solchen Vermerk ein Herz zu malen, ein Herz mit rosa oder lila Filzstift, das Blatt über und über mit kleinen Herzen zu füllen, ihm die ganze Personalakte mit Herzchen zu verzieren.

Es brennt Licht im Büro des Offiziers vom Dienst, heute ist es Ascher, der Fahrzeugchef. Ich mache einen großen Bogen darum. Es brennt auch Licht im Zimmer von Oberst Assaf Sagin, dem Chef der Luftwaffenabteilung. Komisch. Was macht der denn hier um diese Zeit? Ich gehe an seinem Büro vorbei. Die Tür steht auf, und er sitzt mit offenem Hemdkragen an seinem Tisch und blickt nach draußen. «Hey, könntest du mal einen Moment reinkommen?» – «Ich?», frage ich, als ob er nachts um zwei Uhr bei der Kälte und in der Dunkelheit tatsächlich eine andere gemeint haben könnte. «Vielleicht kannst du mir einen Gefallen tun?» – «Kommt drauf an, was», sage ich, als wäre er ein Freund von mir. «Mir einfach helfen, ein paar Planskizzen auszumalen, ein paar Kopien zu machen und die Seiten zusammenzuheften? Gemeinsam geht das ruckzuck. Du musst natürlich nicht.»

Wir kopieren siebzigmal die Anweisungen für eine Übung. Er zeigt mir einen Stapel anderer Hefte. «Das ist alles Müll, siehst du? Schlamperei.» In der Druck- und Zeichenstelle hatten sie die unkorrigierte Version gedruckt. Ein Glück, dass er am Abend, nachdem er die Vorbereitungen in den Kriegsräumen inspiziert hatte, noch mal an seinen Tisch gegangen war, um einen Blick in das gedruckte Material zu werfen. Ein kurzer Blick, und ihm war schwarz vor Augen geworden. Gut, mittlerweile hatte er noch weitere Fehler korrigiert. Eine Heidenarbeit war damit Makulatur geworden. Morgen würde jemand dafür zur Schnecke gemacht. Ich kopiere und kopiere, füttere die Maschine mit Papierstapeln, und er legt jeden Packen sorgfältig dahin, wo er hingehört. Mir wird heiß, ich ziehe den Pullover aus und werfe ihn auf den Stuhl. Er blickt mich an und ordnet weiter seine Stapel.

Gleich werde ich die Blätter der Reihe nach aufheben, und er wird sie zusammenheften, aber erst mal macht er uns beiden Kaffee. «Nicht nötig, ich mach schon, das kann ich gut», doch er erwidert sofort energisch: «Das wär ja noch schöner, lass dich mal von mir verwöhnen.» Beim Kaffee erkundigt er sich, in welchem Büro ich diene und wie lange schon, und was ich von den Offizieren der Israelischen Verteidigungsarmee so halte. Ich lächle, bemühe mich, wenig zu sagen. Ich weiß nicht, auf welcher Seite er steht. Ich schlage vor, dass wir wieder an die Arbeit gehen, wir haben noch Skizzen auszumalen, und er trinkt mit einem Zug aus, weist mich an, wie ich die Seiten zusammenlegen soll, und bittet mich, darauf zu achten, dass ich keine falsch rum einsortiere. Wenn ich mit dem Zusammenlegen fertig bin, soll der Packen auf den Tisch, und er heftet ihn zusammen. Klar? Ich frage mich, ob er es ernst meint mit all diesen Erklärungen; jedes Mal, wenn ich mich auf die Suche nach Major Itai Katz mache, passiert mir irgendwas Merkwürdiges.

Der Stapel fertiger Hefte auf dem Tisch von Oberst Assaf Sagin wächst. Er sieht ziemlich nett aus, wie er so zusammenheftet. Sein rötliches Brusthaar lugt aus dem

Hemd, und er hat passende blaue Augen und ist groß und braungebrannt. Die Studenten sagen, er sei in Ordnung, ein hervorragender Fachmann. Auf mich wirkt er sehr männlich. Wir haben siebzig Hefte fertig, eine beachtliche Leistung. Jetzt versuchen wir, die Planskizzen zum Ausmalen auf seinem Tisch auszubreiten. Das ist unbequem. Es bleibt nichts anderes übrig, als sie auf den Boden zu legen. Ein kleiner Heizstrahler verbreitet Wärme, aber mir ist sowieso nicht kalt, und er läuft ohnehin wie mitten im Sommer rum. «Nimm den blauen Filzstift und füll damit bitte ordentlich, ohne über die Linien zu malen, alle Pfeile aus, die die Bewegungen der Luftstreitkräfte der gelben Armee anzeigen. Ich male die Bewegungen der Bodentruppen mit Braun aus.» Wir legen uns nebeneinander und fangen an zu malen. Ich gebe mir Mühe. Ich male gern mit Filzstift aus. Das beruhigt mich. Ihn auch. Seine Gesichtsmuskeln entspannen sich, in den Mundwinkeln sammelt sich Speichel, er liegt neben mir, lang und stark, und gelegentlich stößt er mit dem Po an mich.

Ich bin mit den blauen Pfeilen fertig, und er rollt die Bristolpappe auf und holt eine neue. Wieder male ich mit Blau, diesmal die Pfeile der Seestreitkräfte, während er mit Gold die Flugbahnen der Luftwaffe ausmalt. Und dann kolorieren wir mit Grün, Gelb und Orange alle möglichen Einsatzpläne, die abgelehnt wurden, und füllen mit derselben Farbe den Kasten, in dem kurz der Grund für die Ablehnung angegeben ist. Jetzt, zur Beendigung der Arbeit, geht er uns noch einen Kaffee machen. Wieder will ich ihm das abnehmen, aber er wirft mir einen überzeugenden männlichen Blick zu, und ich rücke näher an den Ofen.

Draußen wird es schon langsam hell. «Sag mal, kann ich dich mal was Persönliches fragen?», nutze ich die Tatsache, dass wir beide warm aneinandergelehnt auf dem Boden sitzen. «Versuch's», sagt er leise mit charmantem Lächeln. Klar, dass ich keinen Mut habe. «Bist du immer so einsatzfreudig?», frage ich, und anfangs antwortet er mir tatsächlich zur Sache, erzählt mir ausführlich und enthusiastisch, wie bei einer Übung vor zwei Jahren seine besondere Sorgfalt, oder vielleicht auch einfach Glück, sehr viele Menschenleben gerettet hatte. Aber dann merkt er, dass ich zwar zuhöre, aber in die Luft starre, und da sagt er lächelnd, das höre sich aber gar nicht an wie eine persönliche Frage, und da ich so schön gearbeitet hätte, dürfte ich ihm jetzt auch eine wirklich persönliche Frage stellen. Also frage ich ihn, ob er immer so faszinierend sei, und er antwortet, jedes Mal, wenn er faszinieren wolle, sei er auch faszinierend. «Dann verlieben sich gewiss ständig Frauen in dich», schmeichle ich ihm ein bisschen. «Ständig», antwortet er, fast mit Bedauern. «Was, auch hier auf dem Stützpunkt?» Ich spüre, dass das wirklich langsam persönlich wird. «Auch.» Und sein Auch verweist noch auf eine Million anderer Orte. «Vielleicht passiert mir das selbst», rutscht es mir eher bang als verführerisch heraus. «Ich vermute, dass das in gewissem Umfang in deinem Innern losgeht, das heißt, dass genau das dich morgens um Viertel nach fünf nach einer durchgearbeiteten Nacht noch hellwach hält.» Das hört sich an wie der Experte, wie der Mann, der die Reaktion seiner Eroberungen prüft. Was er wohl sucht? Er sagt mir, das könne man ganz einfach sehen, ohne lange Geschichten, ohne überflüssige Worte, er möchte schlichtweg so viel wie möglich ficken. Je mehr, desto besser.

Nach diesen Worten habe ich keine Ahnung, ob sein Blick «zieh dich aus» bedeutet oder eine dringende Warnung darstellt, auf der Stelle aufzuspringen und zu flüchten. Er legt mir sanft die Hand auf den Oberschenkel und erklärt mir, dass er mich schätzt und dass sein eigentliches Interesse der Schönheit der Frauen gilt. «Und wenn man einer Frau offenbart, dass sie schön ist», sein Lächeln entblößt weiße Zähne mit vorstehenden Eckzähnen, «dann gibt sie sich hin.» Hingabe erregt ihn ungeheuer, das ist der Moment, nach dem er kommt, egal ob er eine Sekunde drin war oder zwei Stunden. Das ist das Signal für seinen Körper, loszulassen. Aber jede, die es versuchen möchte, muss sich verpflichten, es für sich zu behalten. Wie es mir bis heute keine erzählt hat, darf auch ich es nicht weitererzählen. Es ist ein besonderes Erlebnis. Lohnt sich.

5

Zuerst waren sie nicht sehr brutal, die Ficks mit Oberst Assaf Sagin. Im Gegenteil. Man konnte sie zärtlich nennen. Viel Streicheln. Lange Blicke in die Augen, tiefe Atemzüge am Ohr, alles war furchtbar bedeutungsvoll. Auch wenn alles nur Theater war und ich das wusste. Ich hatte im Leben nicht gedacht, dass jemand sich dermaßen für mich anstrengen würde, und sei es der Show wegen. Als wäre ich tatsächlich wer. Also legte auch ich mich ins Zeug. Für ihn kam ich immer frisch gewaschen und geschniegelt, duftete nach Shampoo und Deo und Bodylotion und Parfüm, vergaß auch nicht, ein bisschen in die Poritze zu träufeln, und immer hechelte er bei mir wie bei einem Supermodel. Manchmal hatte ich Lust, ihn zu schütteln, ihn daran zu erinnern, dass nur ich es war, die Schreibkraft aus dem Hochschulbüro, aber ich fand es schade aufzuhören.

Schon auf der Schwelle reiße ich mir die Kleider vom Leib. Stürme auf ihn zu, als wäre er ein toller Hengst und als wäre mir völlig egal, wie ich aussehe. Gehe auf alle viere, als würde ich seit dem fünften Lebensjahr im Zirkus ficken. Stellungen wie ein Schlangenmädchen oder eine Edelnutte, aber eine, die professionell ist und ihre Arbeit auch noch genießt. Nie werde ich müde. Selbst wenn ich vorher noch eine schnelle Nummer mit Schalom einschieben muss, was mir wirklich unangenehm ist, aber nichts ausmacht, denn für Schalom dusche ich nicht und all das.

In den Stunden, die ich im Büro absitze, starre ich dauernd vor mich hin. Warte, bis es halb acht, acht wird und ich endlich zu ihm ins Büro kommen darf, wenn alle weg sind und ich mit dem Duschen und sämtlichen duftenden und fettigen Einbalsamierungen fertig bin. In Gedanken bin ich die ganze Zeit auf dem Fußboden seines Büros, vor dem Elektroofen, genau an der Stelle, an der wir am ersten Abend Pfeile auf Bristolpappen ausgemalt haben, und ich bin immer auf ihm oder auf allen vieren, und immer, immer in Trance. Ich sage ihm Dinge, die ich noch keinem je gesagt habe. Ich sage ihm Dinge, die ihn heiß machen, und ich lasse mich ebenfalls gehen. Ich zerreiß dich, sage ich zu ihm, und er sagt zu mir, fick, fick schon, Frau.

Ich hätte nie gedacht, dass ich das in mir habe. Vielleicht besitze ich wirklich das gewisse Etwas. Vielleicht bin ich auf irgendeine Weise schön, das heißt, keine Sexbombe, aber eine Frau, die gut darin ist. Vielleicht fliegen echte Männer gar nicht auf die Schlanken und Zerbrechlichen, sondern auf die, die an den richtigen Stellen füllig sind, stark und fähig. Ich lasse mir Bilder von uns wieder und wieder durch den Kopf gehen und kann kaum glauben, dass ich das bin.

Und mir scheint, es wird nie aufhören. Mir scheint, ich werde bis an mein Lebensende so leben, auf diesem Stützpunkt, als Schreibkraft im Hochschulbüro, in Zimmer sechs der Soldatinnenunterkünfte, und mein Leben lang werde ich ihn auf dem Fußboden seines Büros ficken. Und ich hätte gar nichts dagegen, dass es so läuft. Wenn es mir bloß gelingt, diesen Schalom loszuwerden, der mich jetzt nur nervt mit seinen müden Ficks, wohl gar nicht begreift, dass ich nicht auf seiner Wellenlänge bin, ihm bloß einen Gefallen tue und darauf warte, dass er von selbst drauf kommt. Wenn ich's erst schaffe, ihn loszuwerden, dann wird's mir gutgehen. Ich muss ihm die Lage erklären. Denn er gehört zu denen, für die es sich immer auszahlt, nichts zu zahlen. Gratis lohnt sich. Und manchmal schafft er's auch nicht mehr, erst draußen zu kommen.

Aber ich mag's am liebsten auf allen vieren, wenn es wehtut, wenn ich wirklich spüre, dass ich ihn rette, wenn ich spüre, dass ich als Einzige auf der Welt ein Becken habe, das stark genug ist, ihn aufzunehmen, dass nur ich fähig bin, seine langsamen Stöße auszuhalten, bei denen er mir unbedingt von seiner Mutter erzählen muss, die vor vielen Jahren gestorben ist und die einzige Frau war, die er in seinem Leben geliebt hat. Und er erinnert sich daran, dass sie unglücklich gestorben ist, und bis heute empfindet er es als persönliches Versagen, dass er ihr nicht geholfen, nichts unternommen hat, um der einzigen Frau, die er je liebte, das Leben leichter zu machen.

Er ist am zärtlichsten, wenn er mir von der Nacht erzählt, in der sie ihn gezeugt haben. Er behauptet, dass er sich an diese Empfindung erinnert, weil das Gedächtnis, das er als Samenzelle hatte, ihm bis heute im Gehirn sitzt. Sein Gedächtnis verliert nichts, wächst nur ständig. Manchmal ekelt es ihn, dass er eine Samenzelle in der Pussi seiner Mutter gewesen ist. Danach dringt er meist schneller und schneller ein und kommt mit erstickten Schreien. Manchmal, wenn wir schon nebeneinanderliegen und die Militärwolldecke unter uns ganz verknäult haben und wir versuchen, sie glattzuziehen, ohne aufzustehen, sage ich, dass ich fünfzehn Punkte im Biologie-Leistungskurs gehabt habe und es völlig ausgeschlossen ist, dass er sich so lange zurückerinnern kann, aber dann fragt er mich, was ich denn davon verstände, und ich schmiege mich an ihn und umklammere ihn mit den Beinen. Bevor ich gegen zehn Uhr abends sein Büro verlasse, nachdem wir uns vorsichtig vergewissert haben, dass niemand draußen unterwegs ist, flüstert er mir zur Erinnerung ins Ohr, kein Wort verlauten zu lassen, denn ein einziges Wort würde alles kaputt machen.

Ich sage nichts, aber die Mädchen in den Unterkünften spüren alles und wissen auch, mit wem und wann und wieso. Man braucht nichts zu erzählen, damit alle es wissen, hier sieht man's einfach. Wie oft kann man mich denn um zehn Uhr abends mit ausgelaugtem Gesicht aus dem abgelegenen Wohnbereich der Luftwaffe zurückkehren sehen, ohne sich zu denken, dass ich mit Oberst Assaf Sagin vögele, der im letzten Monat den Stützpunkt jeden Abend erst nach zweiundzwanzig Uhr verlassen hat? Und wie lange können diejenigen, die was gesehen haben, dieses Geheimnis für sich behalten? Bestenfalls doch eine Stunde. Und trotzdem wird von mir erwartet, dass ich so tue, als wüsste es keiner, ich darf nicht mal Kochi ins Vertrauen ziehen, die in einem Monat doch ohnehin auf Entlassungsurlaub geht.

6 Zum Glück wechseln die Befehlshaber hier auf dem Stützpunkt, Brigadegeneral Jair Dagan scheidet aus, und ihm folgt ein gewisser Nachman Topas, früher Leiserowitz, von der Panzertruppe. Jair Dagan sieht aus, als hätte ihn das Alter förmlich überfallen. Er geht nicht mehr forschen Schritts, lächelt den Studenten nicht mehr zu, steckt seinen Kopf nicht mehr überraschend bei den Vorlesungen rein und zeigt kein Interesse an den Übungen. Mir tut er leid. Das wird keine einfache Heimkehr nach dieser ganzen Affäre mit Talila, die auf den Luftwaffenstützpunkt in Tel Nof versetzt worden ist und sicher einen feschen jungen Piloten zum Heiraten gefunden hat. Sie gehört zu den Frauen, denen immer alle Möglichkeiten offenstehen und denen alles verziehen wird, weil sie ja so was von schön sind. Brigadegeneral Jair Dagan kann sich offenbar für nichts mehr begeistern. Ich habe wirklich Mitleid mit ihm, aber auch Hochachtung für sie. Im Gegensatz zu uns allen hat sie es fertiggebracht, bleibenden Eindruck bei ihm zu hinterlassen. Kurz gesagt, sie hat ihn gefickt und nicht er sie. Ich möchte bei Assaf Sagin auch bleibenden Eindruck hinterlassen, aber das dürfte mir wohl kaum gelingen. Nicht wegen seiner Mutter, wie er meint, sondern wegen mir. Ich bin nicht der Typ, der bleibenden Eindruck hinterlässt.

Zur feierlichen Kommandoübergabe findet morgen Abend ein Empfang statt. Auch die Mannschaften sind eingeladen, hauptsächlich, um bei den Vorbereitungen und beim Anreichen zu helfen. Ich möchte die Schönste sein. Das wollen wir Mädchen alle. Wir stehen ewig vor den Duschen an, und als ich mich endlich zusammen mit Kochi in eine Duschkabine quetschen kann, will Kochi mich umbringen wegen der Striemen auf dem Rücken. Ich kann keine Erklärungen abgeben, jedenfalls tut es wirklich nicht weh. Ich will ihr nichts verraten, sie weiß es ja sowieso. Aber mir wird kein Wort davon über die Lippen kommen.

Wir ziehen frische Uniformen an – mir scheint, ich habe abgenommen, aber nur ein bisschen. Ich finde, dass ich gut aussehe. Nach dem Duschen gehen wir raus zum Schminken. Wir sind schon zu lange hier, um uns noch mit allen anderen im Waschraum zurechtzumachen. Wir haben alles Nötige auf dem Zimmer. Kochi hat einen großen Spiegel, einen richtig professionellen Schminkkoffer, passende Beleuchtung. Gute Dienstbedingungen.

Erst mal eine Tonne Grundierung, um all die Hautschäden abzudecken, die Flecke, die Pickel, die ich ausgedrückt habe, und die fettigen Partien. Dann bürstet Kochi mir pfirsichfarbenes Rouge auf die Wangen, aber wirklich bis ganz an die Schläfen, als hätte ich vorstehende Wangenknochen, die wir betonen wollten. Danach tuscht sie meine Wimpern und reibt mir glitzernden Lidschatten in Hellrosa bis Dunkelrot auf die Oberlider. Und weil man meine Brauen nicht sieht, geht sie mit einem braunen Stift darüber, und mit einem weinroten Stift zeichnet sie die Konturen meines Mundes nach. Der Lippenstift selbst hat ein sehr dunkles Kirschrot und starken Glanz. Ich komme mir glamourös vor.

Aber der ganze Glamour erstarrte mit einem Schlag zur dümmlichen Maske, als ich in den Offiziersspeisesaal trat und sah, wie brennend sich Oberst Assaf Sagin für Noa interessierte, die neue Sekretärin, die mit Brigadegeneral Nachman Topas eingetroffen war. Er brachte ihr irgendeinen rosa Cocktail mit Schirmchen, umschwänzelte sie mit bewunderndem Lächeln, hing an ihren Lippen, um keines ihrer Worte zu verpassen, und bemühte sich pausenlos, sie zu unterhalten. Mich würdigte er keines Blickes. Sie war groß und schlank und überhaupt nicht geschminkt, und die lässig hochgesteckten blonden Locken fielen ihr wie Schlangen ins Gesicht. Faszinierend. Gelegentlich strich sie sich die Haare zur Seite, an einem ihrer langen Finger steckte ein großer Silberring.

Kochi sieht mich an. «Lass ihn doch, komm mit raus und ich frisch dir ein bisschen den Lippenstift auf», aber ich kapiere, dass dieses ganze Make-up nur gegen mich arbeitet, und ohnehin kommt jetzt Re'uma und fordert uns auf, mit anzureichen. Im übrigen, fügt sie hinzu, sei solch übertriebenes Make-up auf dem Stützpunkt unangebracht, erst recht bei solchen Empfängen. Sansuri übergibt mir ein Tablett fleisch- und reisgefüllter Weinblätter, und ich gehe als Kellnerin zwischen den Stehenden umher. Beinah schaffe ich es, bis zu Oberst Assaf Sagin vorzustoßen, aber die Studenten räumen die Platte ab, und mit einem leeren Tablett habe ich in seiner Nähe nichts verloren. Für so einen Fehler würde er mich umbringen. Ich gehe zurück in die Küche und erhalte ein weiteres Tablett, einen Berg Kubbeh, die beim Aufwärmen etwas angesengt sind, und diesmal umgehe ich die Studenten, sodass ich bis zu ihm durchkomme. Seine Augen funkeln furchterregend, und ich gehe an ihm vorbei.

In das monotone Summen, das Gewirr plaudernder Stimmen platzt eine Ansage des neuen Befehlshabers, Brigadegeneral Nachman Topas: «Ich bitte euch, an den Tischen Platz zu nehmen, wir haben heute Abend ein volles Programm.» Mit so einem R wird ihm kein Topas helfen, mit so einem R bleibt er sein Leben lang Leiserowitz. Die Studenten gehen zu den Tischen, die wie üblich festlich in Hufeisenform aufgestellt sind. Leiserowitz pocht ans Mikrophon, damit alle sich beeilen und Ruhe einkehrt. Es ist, als wäre Brigadegeneral Jair Dagan nie hier gewesen, die feierliche Kommandoübergabe scheint völlig überflüssig. Noa lässt sich neben Leiserowitz nieder. Sie macht keine Anstalten, bei uns mitzuhelfen, und keiner wagt sie zurechtzuweisen, auch nicht Re'uma oder Anat, in deren Augen ja bekanntlich alle gleich sein sollten.

Obwohl in der Küche nichts gebraten wird, spüre ich erste Anzeichen der wohlvertrauten Übelkeit. Ich kann es nicht glauben und rede mir ein, dass das nicht wahr sein kann. Zum fünften Mal – auf keinen Fall! Auch wenn ich nicht aufgepasst habe, das kann einfach nicht wahr sein.

7

Als alles vorbei war – das heißt, nachdem Brigadegeneral Jair Dagan ein paar Abschiedssätze gefaselt hatte und damit in der Versenkung verschwunden war und Leiserowitz seine ganze Weisheit ausgebreitet und mit Plänen und Prognosen für die Zukunft genervt hatte, die uns einfache Soldaten überwiegend gar nicht berührten (mal abgesehen von der Ankündigung schärferer Disziplinarmaßnahmen), und die Studenten und die Ausbilder das Festessen beendet hatten, das Sansuri hervorragend gelungen war, und wir Soldaten im Mannschaftsspeisesaal die Reste gegessen und das Geschirr gespült und den Boden aufgewischt und die Tische fürs morgige Frühstück gedeckt hatten – nachdem all das vorbei war, ging ich spazieren. Ich tat, als wollte ich mir nur die Beine vertreten. In Wirklichkeit ging ich Oberst Assaf Sagin besuchen. Oder genauer gesagt, nachsehen, ob die Sache mit Noa jetzt in seinem Zimmer weiterging oder ob für ihn doch nicht alles wie erhofft gelaufen war. Aber bei ihm im Büro ist es dunkel, und sein Wagen parkt daneben. Ich weiß genau, was das bedeutet. Gebe der Himmel, dass sie da drin alle beide im Feuer des Elektroofens verbrennen.

Ich gehe ins Büro und nehme mir seine Personalakte vor. Ich schreibe «Wahnsinniger», ich schreibe «räudiger Hund», ich schreibe «eine Null» und «Hurensohn» und «Geisteskranker», aber keines der Schimpfwörter, die mir in den Sinn kommen, beruhigt mich wirklich. Ich fühle mich hundsmiserabel, ich bin ein Trauerkloß, und so arm ich auch dran bin, ich kann nicht umhin, mich über mich selbst zu ärgern. Fest steht, dass ich den Drang habe, mich zu übergeben. Das ist vermutlich das Essen, rede ich mir ein und weiß doch ganz genau, dass ich schwanger bin.

Ich muss noch ein paar Seiten für Schalom schreiben, jetzt ist eine gute Zeit dafür, das könnte mich beruhigen, so nachts zu tippen, wenn alle schlafen. Ich lese und tippe. Ich habe aufgehört, den Stil zu verbessern, denn er hat diese Studien nicht selbst geschrieben, und er hat keine Ahnung, was die Verfasser eigentlich meinen. Ihn interessiert nur, dass diese Studien ihn genug Geld gekostet haben, um eine gute Note zu erreichen, und mehr Ehrgeiz hat er nicht. Es wäre mir lieb, er wäre der Vater, denn er ist wenigstens ein anständiger Mensch.

Wenn Schalom mich für die Tipparbeiten bezahlt, verzichtet er immer aufs Wechselgeld. Stattdessen ficken wir ein bisschen, wirklich nur kurz, eine Sache von wenigen Minuten. Ich versuche ihn zu fragen, was er für Phantasien hat. Ich sage ihm, ich sei bereit, jedes Spiel mitzuspielen. Aber er hat keine Energie für Spielchen. Er will nur schnell kommen und nach Hause. Bloß damit es nicht heißt, er hätte eine Gelegenheit zum Ficken gehabt und sie ungenutzt gelassen. Aber in Wirklichkeit fehlt ihm dazu längst die Kraft. Das Einzige, was er wirklich möchte, ist rechtzeitig zum Abendessen mit Frau und Kindern daheim sein. Einen Drecksposten haben sie ihm gegeben, aber in einem Jahr scheidet er aus dem Dienst aus, als Oberst mit Universitätsabschluss, und dann werden die guten Jahre mit seiner Frau anfangen. Ohne ihr zu erklären warum, wird er sie für all die beschissenen Jahre entschädigen. Sie hat sich zwar an diesen Scheiß gewöhnt, aber er wird ihr zeigen, dass es auch anders geht. Bald wird er mit voller Pension abgehen und sich um Haus und Familie kümmern. Und glaub mir, sagt er, während er ein Handtuch sucht, um sich den tropfenden Penis abzutrocknen, glaub mir, dass sich ihre Geduld für sie auszahlen wird.

«Ich liebe meine Frau», fährt er fort, während er seine Militärstiefel zuschnürt. «Ich liebe sie, und sie liebt mich. Und sie interessiert sich nur deshalb nicht dafür, was ich am Tag so mache, weil sie weiß – was heißt weiß, weil sie sich absolut sicher sein kann –, dass alles, was ich mache, gut für uns ist. Dass meine Familie für mich an erster Stelle steht. Und das ist das Einzige, was sie interessiert.»

Er steckt die Blätter in seine Militärumhängetasche und geht. Er ist höflich genug, mir an der Tür einen Kuss zuzuwerfen.

Inbal, eine Neue im letzten Zimmer, ist schwanger. In der Nacht höre ich sie im Klo erbrechen. Morgen schreibe ich Oberst Schalom in seine Personalakte, dass er spitze ist. Ich werde schreiben, dass er seine Frau wirklich liebt und dass viel Logik in seinen Überlegungen steckt. Und tatsächlich notierte ich dann die schönsten Liebessprüche, die Schalom über seine Frau gesagt hatte, und umkränzte sie mit Blumen. In die blaue Blume schrieb ich mit sauberen Druckbuchstaben: «Sie weiß und kann sich absolut sicher sein, dass alles, was ich mache, gut für uns ist.» In die gelbe Blume schrieb ich: «Ihre Geduld wird sich für sie auszahlen.» Und in die lila Blume schrieb ich, etwas größer: «Ich liebe meine Frau.» Unten fügte ich nur klein mit Kugelschreiber hinzu, ich hoffte, dass er wenigstens *sie* richtig gut fickt. Was denn? Mir ist durchaus klar, dass er mich nur ausnutzt.

Im Büro gibt's kaum Arbeit. Unser neuer Befehlshaber, Brigadegeneral Nachman Topas, macht ständig die Runde und ist allgegenwärtig. Die Studenten verlassen kaum die Unterrichtsräume, und es ist ihnen streng untersagt, während der Pausen die Arbeit in den Büros zu stören. Es gibt keinen Kaffee in den Büros, es gibt keine persönlichen Gefälligkeiten, und wehe dem Studenten, der im Mädchenwohnbereich erwischt wird. Uns allen ist langweilig, ich habe viel Zeit, den Gedanken zu verdauen, dass ich zum fünften Mal schwanger bin.

Achter Teil

MOSCHE

1

Alle haben sich schon daran gewöhnt, mich mit Rachel, meiner schwarzglänzenden neuen Hündin, zu sehen. Sie hat zwei Tage gebraucht, um sich von der Sterilisation zu erholen, aber sie ist stark, meine Rachel. Wie der Tierarzt gesagt hat: «Das ist keine normale Hündin, das ist eine Dämonin.» In einer Woche gehen wir wieder zu ihm, um die Fäden ziehen zu lassen, und danach nehme ich sie an der Leine mit nach Tel Aviv zum Kaffeetrinken. Sie wird still neben mir sitzen, und ich werde über vieles nachdenken. Ich muss mir genau überlegen, wie ich meine fünfte Ausschabung allein durchstehe. Mit Anat, der Truppenbeauftragten für Dienstbedingungen, habe ich schon gesprochen, aber ich fürchte, diesmal wird selbst sie mir nicht aus der Patsche helfen können. Vorerst kommt Rachel mit mir ins Büro, wartet vor dem Speisesaal auf mich, schläft mit mir im Zimmer und stört Schalom und mich nicht mal bei unseren kleinen Besorgungen. Sansuri gibt mir in einem Plastikbeutel Futter mit, nur Sachen, die gesund für sie sind, keine Gräten oder Hühnerknochen. Rachel lässt mich nicht allein. Sie ist genau rechtzeitig aufgetaucht.

Mutter erlaubt nicht, dass ich Rachel mit nach Hause

bringe. Sie befürchtet Krankheiten und Haare und Bisse und Dreck. Zumal es bei Etti jeden Tag so weit sein muss. Dann komme ich eben nicht, ich hab sowieso keine Lust. Vielleicht erzähle ich ihr, dass ich auch schwanger bin. Der Gedanke hat mir so viel Angst eingejagt, dass ich Schalom von der Schwangerschaft erzählt habe, in der Hoffnung auf einen guten Rat. «Was willst du mit einem Kind?», fragte er mich, «du hast das ganze Leben vor dir.» Aber ich erklärte ihm erneut, dass ich nach dem fünften Mal vielleicht nie mehr schwanger werden würde. «Das ist alles eine Frage des Willens, Süße. Wenn du willst, kannst du.» Im Reden ist er gut, der Schalom, aber mir mal von sich aus dreitausend Schekel anbieten, das überfordert ihn. Ich habe ihn nicht darum gebeten. Ich bin zwar zum fünften Mal schwanger, aber einen letzten Rest Selbstachtung habe ich mir bewahrt. Quasi in ganz anderer Sache erinnert er mich daran, dass sein Großer nächsten Monat seine Bar-Mizwa feiert, woraus ich entnehmen soll, dass er a) kein Geld hat und b) die Familie bei ihm immer an erster Stelle steht. All das hält ihn nicht davon ab, Rachel den Kopf zu tätscheln, und all das hält sie nicht davon ab, alle viere von sich zu strecken. Ich mache keine Szene. Ich komm schon klar. Ich habe ihm alles fertig getippt, und auf die Ficks mit ihm kann ich gut verzichten. Ich habe ein bisschen Geld beiseitelegen können.

Mittlerweile wissen alle, dass Oberst Assaf Sagin Noa bumst. Jeder hat Noa mal nachts aus der Richtung seines Büros im Luftwaffenbereich zurückkehren sehen. Aber ihr ist das völlig egal. Im Gegenteil, sollen's doch alle wissen. Auch Oberst Assaf Sagin schert sich jetzt weniger um Geheimhaltung. Tatsache, er bringt ihr Blumen oder Schokolade ins Büro oder schaut nur mal rein, um zu sehen, wie's ihr geht. Als wären die beiden in irgendeinem Feriendorf und nicht auf einem Militärstützpunkt. Natürlich haben weder Re'uma noch Anat sie zu einer ernsthaften Aussprache einbestellt. Jedenfalls ist dies eindeutig nicht der richtige Zeitpunkt, den Scheißkerl zu bitten, mir eine Ausschabung zu finanzieren, oder mich überhaupt nur bei ihm blicken zu lassen.

Nacht. Ich streichle Rachel, und mir ist übel. «Wir sind einsam und allein auf der Welt», sage ich zu ihr. «Ich habe dich, und du hast mich, und das ist alles.» Rachel legt sich auf den Rücken, und ich kraule ihr den Bauch. Die Übelkeit erinnert mich daran, dass wir ein Baby haben. «Was machen wir mit ihm, Rachel? Wir können's uns nicht aussuchen, was?» Rachel leckt mir mit ihrer rauen Zunge die Hand und wedelt mit dem Schwanz, sie denkt wohl, wir würden vielleicht einen Spaziergang machen, aber ich geh bloß zum Kotzen aufs Klo, und sie rennt hinter mir her und guckt mir zu. «Mach dir keine Sorgen, Rachel», sage ich, während ich mir das Gesicht mit kaltem Wasser abspüle. «Wir schaffen das schon. Komm mit an die frische Luft, das wird uns guttun.»

Rachel und ich schlendern über den Stützpunkt. Alles schläft, außer denen, die jetzt gerade ficken und neuen Mädchen Probleme machen. Wir hoffen, dass jemand vom Himmel zu uns herabschwebt und sagt, da, nehmt dreitausend Schekel und geht privat abtreiben, aber keiner schwebt von irgendwoher zu uns ab. Vom Armeehimmel fallen keine Wunder. Uns wird nichts anderes übrigbleiben, als morgen Vormittag zu Anat ins Büro für Dienstbedingungen zu gehen und zu hoffen, dass sie uns helfen wird. «Was sollen wir ihr sagen?», frage ich Rachel, und ihre leuchtenden Augen erwidern, wir bräuchten uns nicht zu schämen. Soll der, der gefickt hat, zahlen und sich schämen. Und wenn er nicht zahlt und sich nicht schämt und wenn er gerade jetzt die Bar-Mizwa-Feier seines Jungen plant oder Noa, die neue Sekretärin, fickt oder überlegt, welche Blumen oder Pralinen er ihr morgen bringen soll – dann soll die Armee bezahlen. Soll die Armee das Problem lösen, das sie selbst geschaffen hat, mit den Bürokräften, die immer jung sind, und den Offizieren, die immer altern. Denn die Armee hält uns hier fest, für sie tun wir all das, Generalstabschefs und Bürokräfte gleichermaßen.

«Vorwärts, Rachel, wir gehen ins Zimmer», treibe ich Rachel an, die erregt ein Erdhäufchen beschnüffelt, auf das vor Tagen einer gepinkelt hat. Bei Hunden ist das einfach. Sie schnüffeln aus Urin wichtige Nachrichten heraus. Ich muss aus Erfahrung lernen.

2

Wir haben das ruckzuck geregelt. Ich war auf das Schlimmste gefasst, kam aber mit dem Gefühl, im Recht zu sein. Ruckzuck Kommission, ruckzuck Genehmigungen, ruckzuck Narkose, ruckzuck waren wir wieder draußen. Ohne Vermerke und Gespräche und Rügen. Ruckzuck. Ich war in Hochstimmung, genau richtig für Kochis Abschiedsparty. «Zwei Jahre verflogen wie zwei Tage fast, / zwei Jahre trugen wir gemeinsam die Last. / Frag mich nicht, ob mich Sehnsucht drückt, / ich sag dir ehrlich: Ich werd ganz verrückt», las Pinni aus der Quartiermeisterei von dem zerknitterten Zettel ab, den er in Händen hielt. «Ich liebte Rüben, auch Bohnen sehr, aber dich liebte ich noch viel mehr», konterte Jossi von der Schirrmeisterei. Kochi strahlte, als sei sie nicht nur Kochi, sondern wirklich Kochava, ein echter Star. Alles an ihr glänzte und errötete und funkelte, als würde sie im nächsten Moment in Millionen Splitter zerspringen. «Wenn mein Herze weint, dann wegen dir, ich warte nur auf den Tag deiner Wiederkehr», trällerte Michel von der Küche und erntete brandenden Applaus. «Wir lieben dich, Kochi», brüllte Ilan, der Innendienstmann des Spießes, und schwenkte eine leere Arrakflasche in der Luft.

Die Flasche erinnerte uns an «Wahrheit und Pflicht», und wir schoben die Stühle beiseite und setzten uns im Kreis auf den Boden. «Los, Wahrheit oder Pflicht, Kochi?», kreischte Inbal, die auch ungeheuer fröhlich aussah, anscheinend hatte sie es endlich geschafft, ihre Schwangerschaft loszuwerden. «Pflicht», platzte Kochi lachend heraus. «Du hast die Pflicht, Dudu zu küssen.» Er war der einzige religiöse Junge bei uns auf dem Stützpunkt. «Unter der Bedingung, dass ihr ihn festhaltet», kreischte Kochi aufgeregt und rutschte Richtung Dudu, der versuchte, Protest anzumelden. So einen Kuss auf die Lippen hatten wir schon lange nicht mehr gesehen, und wir alle feuerten Kochi mit anhaltenden Hoho-Rufen an. Jetzt war Dudu dran. Die Flasche rotierte, und schließlich zeigte der Hals auf Tamar, die Sekretärin der Marineabteilung. «Wahrheit oder Pflicht», fragten wir zögernd, denn Tamar ist ein wenig distanziert, meist schläft sie nicht auf dem Stützpunkt, und wir wissen fast nichts über sie. «Wahrheit», antwortete sie trocken. «Stimmt es, dass du in Oberst Usi Ogen, den Marinechef, verliebt bist?» – «Klar», antwortete Tamar, und wir alle atmeten erleichtert auf. Wir wussten ohnehin, dass sie nur in Itamar, ihren Freund, verliebt war, einen Kommandooffizier, der sie manchmal mit seinem Dienst-Renault abholte. Wir waren froh, dass sie es mit Humor genommen hatte. Sie drehte die Flasche, die am Ende auf Mosche zeigte.

«Wahrheit oder Pflicht», fragten wir ohne echtes Interesse. «Pflicht», antwortete Mosche. Kochi sagte, er habe die Pflicht, mich zu küssen. Mosche kam hoch und trat zu mir, war aber nicht in der Lage, sich zu bücken und zur Tat zu schreiten. Stand einfach da wie angewurzelt, und alle ringsum murrten und fingen an, in die Hände zu klatschen. Also kam ich auch hoch und drückte ihm die Lippen auf den Mund. Eigenartig, andere Lippen zum ersten Mal zu spüren. Man muss sich dran gewöhnen. So öffneten wir sie ein wenig und brachten es zu einem sehr zarten Küsschen, als ob ein Kuss etwas wäre, worum man Aufhebens machen müsste. Und es amüsierte mich, dass ich, deren fünfte Ausschabung erst wenige Stunden her war, überhaupt noch etwas wie Scham empfinden konnte und über einen ersten Kuss mit Mosche in Erregung geriet.

Danach wurde die Flasche erneut gedreht und Tamar und Michel küssten sich und alle lachten und Kochi küsste sich mit allen und wir kippten noch eine Flasche Arrak, und dann löste sich die Runde langsam auf. Ich ging Rachel holen, denn um Punkt Mitternacht fing Mosches Wachdienst am Tor an, und ich hatte Lust, ihm ein bisschen Gesellschaft zu leisten, einfach zusammenzusitzen und Quatschgeschichten aus der Oberschule aufzuwärmen.

3 Was bedeutet es, dass wir uns so geküsst haben und Rachel und ich jetzt mit Mosche vor seinem Wachhäuschen sitzen? Was bedeutet es, dass Kochi weggeht und ich nun die Dienstälteste unter all den Mädchen bin? Was bedeutet dieser letzte Monat vor dem Entlassungsurlaub? Noch eine Schwangerschaft, noch eine Liebe, noch ein paar Küchendienste oder was ganz anderes? Mosche sagt, diese Fragen seien überhaupt nicht relevant. Mein Problem bestehe darin, dass die Fragen, die

ich stellte, immer Fragen der Vergangenheit seien, Fragen der alten Welt, in der ich gestern gelebt hätte. «Die Armee ist Teil deiner alten Welt», erklärt er mir. «In dieser Armee sind wir alle Sklaven, und deshalb übernehmen wir nicht wirklich Verantwortung. Aber die Armee ist nicht nur dein Gestern, sie ist das Gestern der ganzen Welt. Alle sind hier Sklaven, gleich welche Dienstgradabzeichen sie auf den Schultern tragen. All diese Rangabzeichen sind nur ein Spiel, Spiele der Welt von gestern. Das ist eine alte Welt. Wer klug ist, stellt sich auf die neue Welt ein, in der nur die Starken überleben.»

Woher hast du denn diese Idee von der neuen Welt, frage ich ihn. «Oho», antwortet er mir, und sein russischer Akzent bricht mit einem Schlag durch. «Die Welt folgt der Science-Fiction. Sie wird grausam, erbarmungslos; für jeden Irrtum muss man zahlen. Wer in dieser Welt auf der Stelle tritt, geht unter. Man muss ständig laufen, vorausdenken, ohne Irrtümer und ohne Jammern. Man darf nicht hinfallen. Wer hinfällt, wird überrannt. Es ist eine Welt, in der man der Beste sein muss, gleich von Anfang an der Beste. Sonst», und er fixiert mich durch seine Brillengläser, dass mir das Herz flattert, «sonst verhungert man. Die neue Welt ist in Wirklichkeit ein Dschungel. Du bist hier geboren, du verstehst das nicht, aber wenn man aus Russland kommt, weiß man Bescheid.»

Mosches Welt machte mir Angst. Ich lege ihm den Kopf an die Schulter. «In dieser neuen Welt von dir werde ich zu den ersten Toten gehören.» Er hat einen angenehmen Geruch an sich, der Mosche, so ein zitronenfrisches Rasierwasser, vielleicht meinetwegen, vielleicht ist er wohlerzogen. Das reinigt mir den Kopf nach all dem Arrak und den Küssen und dem Zigarettenqualm. Auch die Luft ist klar und kühl, die Luft eines Winters, der nicht wirklich kalt und regnerisch war und niemandem zugesetzt hat, uns nachts nur mit angenehmer Kühle umhüllte. Man kann den Strom in den Drähten summen hören, hört Grillen und fernes Hundegebell. Gelegentlich rauscht ein Wagen die Straße hinunter. Völlig vertraute Geräusche, und doch spüre ich, dass die Welt sich verändert. Und es kommt mir seltsam vor, dass nur wir zwei das verstehen.

Motorengeräusch naht, der Wagen biegt in die Zufahrt zum Stützpunkt ein. Mosche steht schwerfällig auf, um die Identität der Ankömmlinge zu prüfen, und ich sehe von meinem Sitzplatz aus Oberst Assaf Sagin und Noa von irgendwoher zurückkehren. Mosche beharrt darauf, dass sie das Fenster runterlassen, und hebt erst dann den Schlagbaum. Alles nach Vorschrift. «So eine Wodkafahne habe ich nicht mal bei Gojim erlebt», sagt er, als er sich wieder neben mich setzt. «Ist Wodka ein Getränk der alten oder der neuen Welt?», frage ich. «In der neuen Welt trinken nur die Sklaven Wodka», antwortet er. «Die Herren der Welt trinken keinen Alkohol.» – «Was haben sie denn dann davon, dass sie Herren sind?», frage ich. «Dass sie Scheiße bauen können und damit durchkommen», antwortet er.

«Sag mal», ich lehne wieder den Kopf an ihn, «gehören Rachel und ich zu den Herren oder zu den Sklaven?» –

«Kommt drauf an, wofür du dich entscheidest», antwortet er mir. Es hinge davon ab, ob ich fähig sei, mich im Leben nie auf andere zu verlassen. Aber ich verlasse mich immer auf andere, ich hoffe, dass im letzten Moment ... «Und Oberst Assaf Sagin?», frage ich. «Er ist ein Sklave, das steht fest. Schwache Menschen sind immer Sklaven der Welt. Wer jede Nacht um drei Uhr schlafen geht, morgens mit roten Augen ankommt, sich alle Tage und alle Nächte mit sich selbst beschäftigt, der ist ein Sklave aller Welten.» – «Und Noa?», frage ich mit einiger Genugtuung. «Noa ist schön, dann ist es egal. Schöne Frauen haben es in der alten wie in der neuen Welt gut.»

«Nach der Armee möchte ich in Tel Aviv wohnen. Ich möchte nachts als Barfrau arbeiten und tagsüber Medizin studieren.» Ich finde es angenehm, auf einmal in sauberen Worten zu reden, als wäre es völlig natürlich für mich, Medizin zu studieren, Barfrau zu sein, in der Scheinkin-Straße zu wohnen. Ich muss es sagen, wenigstens zu Mosche, um mir in Erinnerung zu rufen, dass ich einmal große Ambitionen gehabt habe. Denn schon morgen früh, wenn ich bei dem Großreinemachtag, den der neue Befehlshaber uns auf dem Stützpunkt angesetzt hat, verstreute Zigarettenstummel um die Abfallkörbe aufsammle oder das Gehölz reche oder die Baumstämme und die Begrenzungssteine am Weg kalke – schon morgen früh werde ich mir wieder armselig und elend und zu dick vorkommen.

Aber am nächsten Morgen dachte ich an die schönen Worte vom Vorabend, und es störte mich nicht, den Weg zu fegen, und auch die Schwielen, die sich dabei an meinen Handflächen bildeten, störten mich nicht, denn ich hatte das schöne Gefühl, dass all das bald vorbei war. Dass ich in knapp einem Monat in der neuen Welt leben und alles vergessen würde, was vorher war. Wenn der Kopf vergaß, würde auch der Körper vergessen. So geht das bei mir.

4

Wie viel Unfug kann ein erwachsener Mann bloß im Kopf haben? Unser neuer Befehlshaber hat die im Kreis angeordneten Steine umgetreten, die wir um die frisch angelegten Baumscheiben gesetzt und gekalkt hatten. Die alten Bäume waren richtig erschrocken, als Dudu und Nisso und Ascher anfingen, um sie herum Erde auszuheben, so als seien sie erst gestern gepflanzt worden. Wer weiß, wie viele Jahre sie schon so dastehen, ohne dass irgendwer sich die Mühe gemacht hätte, ihre Baumscheiben zu pflegen und eigens zu begießen. Sie schicken ihre Wurzeln tief, tief in den Boden, um etwas Wasser zu finden, nicht genug fürs Grün, aber genug, um nicht zu verdorren, und nun plötzlich dieser ganze Wirbel. «Ah», nicken sie sich mit ihren verstaubten Wipfeln zu, «der Befehlshaber hat wieder gewechselt.»

«Wenn es sein muss, werdet ihr die Baumscheiben mit dem Zirkel vorzeichnen», brüllte Brigadegeneral Nachman Topas, «wenn es sein muss, werdet ihr hier bis morgen früh durcharbeiten. Aber ich verspreche euch, dass keiner hier wegkommt, ehe die Scheiben rund sind, und erst, wenn ich jede einzelne persönlich abgenommen habe, erst dann werdet ihr Steine in exaktem Kreis darum aufstellen und erneut weißen.» Dann ging er die anderen Baumgruppen inspizieren und brüllte, «dasselbe gilt für die Mulden hier», und danach behauptete er, mindestens drei Zigarettenkippen gesehen zu haben, was den sicheren Schluss zuließe, dass noch weit mehr herumlägen. Auch das Rechen werde, wenn nötig, bis zum Morgen fortgesetzt, und ehe der Stützpunkt nicht absolut sauber sei, werde keiner schlafen gehen. Was die Wege, die wir Mädels gefegt hatten, betreffe, seien sie zwar sauber, aber um die Abfallkörbe lägen noch Zigarettenstummel und hier und da auch Papierschnipsel. Sobald alles erledigt und appellfähig sei, könne man sich an Noa wenden, und er werde sich freimachen.

Wir gingen von neuem ans Werk, teilten uns in Fegetrupps, Schaufeltrupps, Kalkeimertrupps, Müllauflesetrupps. Aber tatsächlich zerstreuten wir uns über den ganzen Stützpunkt und hockten uns hin, ohne die geringste Absicht, auch nur einen Finger krumm zu machen. «Wir müssen nachher bloß die Steine, die er umgekickt hat, ein bisschen zurechtrücken», sagte Nisso, der seinen Spaten gegen einen Besen getauscht hatte. «Wir machen ein, zwei Stunden Pause, dann rufen wir ihn, und dann wird er sagen, dass alles perfekt ist. Wart's ab», versprach er mir und ging uns zwei Cola aus der Kantine holen. Wir setzten uns hinter den Speisesaal, mit dem Besen und der Cola in der Hand, und hörten Sansuri lautstark fluchen, wenn man ihm die Soldaten wegnehme, könne er kein Mittagessen kochen. Wir Mannschaften im Gelände bekommen Stullen und Synthetiksaft. So ist das bei Sonderaktionen.

Um zehn vor fünf begann die zweite Inspektionsrunde. Brigadegeneral Nachman Topas sah freundlich und zufrieden aus. «Was hab ich gesagt, wo ein Wille ist, ist ein Weg. Dann werden die Mulden rund, die Steine ordentlich gestrichen, der Stützpunkt wird sauber, und wir alle fühlen uns wohler. Aber das geht eben nur, wenn wir den Kopf nicht einziehen, sondern einschalten und selber überlegen, wie wir diesen Stützpunkt in einen Musterstützpunkt verwandeln können: Wie kann ich die Armee verbessern, was kann ich für den Staat tun.» Wir lauschten ihm, freuten uns über das versteckte Kompliment und waren überglücklich, ihn reingelegt zu haben. «Wer Kippen aufliest, sieht nicht immer das Gesamtbild», ließ Brigadegeneral Topas sich von der Begeisterung über sich selbst mitreißen, «aber ich möchte euch an meiner persönlichen Erfahrung als Befehlshaber in dieser Armee, der Israelischen Verteidigungsarmee, teilhaben lassen.» Er ließ die Hand sinken, und wir setzten uns, jeder wo er gerade stand. Jetzt glitt er in eine ermüdende Schilderung des Chaos ab, das vor dem Jom-Kippur-Krieg in der Armee geherrscht hatte. «Soldaten ohne Uniform, ohne Baretts, ohne Schuhe, ohne Schnürsenkel. Angerostete Waffen, alte Magazine, jeder holt sich bei der

Quartiermeisterei, was er will, ohne Registrierung, jeder macht, was er will, und was dann? Waren wir bereit, als der Krieg ausbrach? Sagt mir, wie standen wir da, als der Krieg ausbrach?» Da sich die Frage völlig rhetorisch anhörte, hielten wir unsere eingezogenen Köpfe unten. «Jeden Tag kann Krieg ausbrechen. Jeden Moment. Trotz unseres hervorragenden Nachrichtendienstes. Wir sind nur dann gewappnet, wenn die Truppen im Gelände in Bewegung sind, und glaubt mir, auch dann nur im günstigsten Fall. Nicht die Sauberkeit ist das Wichtige, sondern geschärfte Aufmerksamkeit. Das ist die persönliche Verantwortung, die ich als Soldat der Israelischen Verteidigungsarmee auf mich nehme – nicht nur meine Aufgaben zu erledigen, sondern mich auch sonst einzubringen. Mit Genehmigung natürlich. Das heißt, für das Büro verantwortlich zu sein, für den Samowar, den Kaffee, die Reifen, die Toiletten, das heißt zu verstehen, dass in unserer Militärmaschinerie jedes Schräubchen seine Aufgabe hat. Und deswegen hat jede Schraube einen Kopf. Ohne Kopf steckt sie bloß unbeweglich fest. Es gibt höher und niedriger sitzende Schrauben, aber wir sind alle füreinander verantwortlich. Alle Schrauben zusammen.»

5

Auf dem Stützpunkt gibt es einigen Wirbel. Früher hätte mich das unter Druck gesetzt, aber jetzt geht mich das nichts mehr an. Es rauscht völlig an mir vorbei. Man hat die Quartiermeister beim Verkauf von Militäreigentum erwischt. Sie hatten ein Lädchen im Hinterzimmer der Quartiermeisterei eingerichtet, eine kleine Bude, in der sie alles Mögliche verhökerten: Dienstuniformen, Arbeitsuniformen, Schuhe, Seesäcke, Baretts, amerikanische Pullover, alles wirklich spottbillig. Wohl auch ein paar Magazine oder Handgranaten; größere Kaliber gibt's bei uns nicht. All das wurde dadurch ermöglicht, dass Schalom Scharabi, der Quartieroffizier, sein Tagespensum an Psalmgebeten verdoppelt hatte und man daher von neun bis zehn Uhr machen konnte, was man wollte. Zu den übrigen Tagesstunden sitzt er nur rum und denkt an seine Frau, deren Brustkrebs erst entdeckt wurde, als sie schon Metastasen in der Leber und im Gehirn und wer weiß wo sonst noch hatte. Nicht dass er meint, Psalmgebete würden helfen, aber nachdem die beiden so lange gar nichts getan haben, tun sie jetzt alles Erdenkliche. Ich hatte einen amerikanischen Pullover gekauft, den ich auch fürs Zivilleben super fand, und Mosche hatte ein Kommandomesser und eine Handgranate erworben. Könnte man ja mal brauchen.

Weiß der Himmel, wie Brigadegeneral Nachman Topas dahintergekommen ist. Aber bei einer überraschenden Kontrolle in der Quartiermeisterei wurden die Verkäufer auf frischer Tat ertappt und wanderten zusammen mit Gabi von der Schirrmeisterei, der gerade Rauchbomben fürs Fußballspiel am Samstag erstand, direkt in den Knast. Jetzt droht man uns mit überraschenden Kontrollen am Tor und in den Zimmern, wenn wir innerhalb von zwei Tagen nicht alles zurückgeben. Mosche und ich hatten nicht die Energie, uns aufzuregen. Wir wickelten das Messer und die Handgranate in den amerikanischen Pullover, packten das Ganze in eine Plastiktüte, und Mosche ließ es in einer Grube verschwinden, die er während der Nachtwache ausgehoben hatte. Wir hatten nicht die Absicht, irgendwas zurückzugeben.

Über den Kuss auf Kochis Party reden wir nicht. Ich wäre zwar durchaus bereit, darüber zu sprechen, hab auch Lust, von mir zu erzählen, ihn ins Vertrauen zu ziehen, aber ihm ist das alles peinlich, daher die langen Schweigepausen in den Nächten, in denen er Wache hält und wir vor dem Wachhäuschen auf dem Gehweg sitzen und Rachel den Kopf streicheln. Ich kann nicht sagen, dass er mich hinreißt, aber ich sitze gern mit ihm zusammen. Ich spüre, dass ich meine letzten zwei Wochen auf diesem Stützpunkt mit ihm verbringen möchte, mit Gedanken an meine, unsere neue Welt.

Auf den Wegen lächelt man mir schon zu, fragt, wie lange der Mist noch dauert, erkundigt sich nach meinen Plänen. Sogar Re'uma lächelt, sogar Oberst Assaf Sagin. Mosche sagt, dass er mich beneidet, dass er auch raus will, Lust hat, jetzt schon durchzustarten. Was wirst du machen, frage ich. Als Erstes zieht er nach Jerusalem, der einzigen Stadt in diesem Land, die über eine vernünftige Universität verfügt, und dort will er Philosophie studieren, vielleicht auch Literatur. Das sind keine Fächer für Männer, wende ich ein. In der neuen Welt, sagt er mir, gibt es so was nicht. Die Menschen studieren, worauf sie Lust haben. Außerdem – soll seine Frau ihn halt ernähren. Ich sage ihm, mein Vater würde im Leben nicht seine Einwilligung geben, wäre nicht mal damit einverstanden, dass er, sagen wir mal, mein Freund wäre, wenn er diese Studienfächer wählt, aber er meint, mein Vater würde ihn schon deshalb nicht akzeptieren, weil er Russe ist. Stimmt auch wieder. Meiner Mutter würde gerade das gefallen. Meine Mutter glaubt an die Russen und bewundert immer, wie sie zurechtkommen. Letzten Endes werden unsere Kinder bei deren Kindern arbeiten, sagt sie jedes Mal, wenn irgendein Sohn russischer Nachbarn aus dem Haus zum Technik- oder Informatik- oder Rechnungsprüferstudium zugelassen wird.

Aber ich beginne Mosches neue Welt zu verstehen. Sie ist gar nicht so, wie ich sie mir vorgestellt hatte. Manchmal hört sich das Ganze sogar anregend an, modern irgendwie und fröhlich und weit weg von zu Hause. Er interessiert sich für die Kabbala, und es klingt tatsächlich recht interessant, wenn er mir, sagen wir mal, von dem verborgenen Licht und den zerbrochenen Gefäßen erzählt. Nicht, dass ich verstehe, wie das zusammenhängt, aber selbst wenn es nicht funktioniert, ist es eine hübsche Geschichte. Und auch all diese Röhren zwischen den göttlichen Potenzen, den *Sfirot,* die mich an meine Gebärmutter und die Eileiter und alle möglichen Stellen im Körper erinnern. Es sieht mir nach einer weiblichen Welt aus.

Und in so einer Welt wäre es gerade bestens, mit jemandem zusammenzuleben, der solche Geschichten von der Arbeit heimbringt. In einer solchen Welt werde ich vielleicht doch noch Ärztin werden.

Kein Mensch gibt Armeeeigentum zurück. Alle legen Verstecke an. Heute werden die Durchsuchungen losgehen, und wie Redschuan, der Verwaltungsoffizier, beim Sondermorgenappell für alle Mannschaften zusammenfasste, wer erwischt wird, zahlt für den ganzen Rest. Und wenn ich mir den Rest anschaue, sehe ich ziemlich viele neue Gesichter und spüre so was wie Veteranenenergie durch meine Adern pulsen, das sichere Gefühl, dass mich das alles nichts mehr angeht. Dass ich das Meine getan habe. Dass es nur noch eine Frage von Tagen ist, bis Oberstleutnant Irad Schwarz mir für meinen Einsatz dankt und mich in Entlassungsurlaub schickt.

6

Rachel läuft schon von allein zu Mosches Häuschen. Ich brauche bloß die Tür zu öffnen, und schon flitzt sie hin. Sie schämt sich wohl gar nicht, zuzugeben, dass sie es dort gut hat, wenn man ihr den Kopf tätschelt, während im Hintergrund alle möglichen Reden über das Leben dahinplätschern. Das große Ausrüstungsversteck haben sie entdeckt, auf dem Dachboden unter dem Ziegeldach des Kommandanturgebäudes, genau über dem Kopf von Brigadegeneral Nachman Topas. Riesenplastiksäcke, wahllos vollgestopft mit Ausrüstungsteilen. Schade nur, dass die Rabitzdecke nicht über ihm zusammengekracht ist. Noa schwört, von all dem nichts gewusst zu haben, und der aufgebrachte Topas hat einen Trupp Militärkripo angefordert, um den ganzen Stützpunkt zu durchkämmen.

Oberstleutnant Irad Schwarz stellt mir Irit vor, die mich ablösen soll, und Sonntag beginnen wir mit der zweiwöchigen gemeinsamen Einarbeitungsphase. Mir fehlt die Energie, ihr irgendwas beizubringen, denn dazu muss ich mir all die Dinge, die ich tue, bewusst machen, und bei mir läuft das alles schon automatisch ab. Ich versuche, der Reihe nach vorzugehen. «Um acht Uhr machst du das Büro auf, egal was. Das heißt, um zehn vor acht bist du mit dem Frühstück und allem fertig.» Sie nickt, kein Problem für sie, sie wohnt eine Viertelstunde zu Fuß von hier, in Ramat Hascharon. Nein, sie will auf keinen Fall in den Unterkünften wohnen. Sie findet den Stützpunkt eklig. «Egal, macht nichts», sage ich und verzichte von vornherein auf jeden Versuch, sie von ihrer Meinung abzubringen, «Hauptsache, das Büro ist um acht Uhr offen. Vorausgesetzt natürlich, dass du am Vortag alles blitzsauber hinterlassen hast, sonst musst du früher kommen und bis acht alles tipptopp hergerichtet haben.

Als Erstes stöpselst du den Samowar ein und machst Wasser heiß», sage ich. «Das Wichtigste hier ist der Kaffee. Irad Schwarz bestellt im Allgemeinen keinen, es sei denn, er hat Besucher. Aber auch wenn er kommt, um sich selbst welchen zu machen, erwartet er, alles sauber und ordentlich vorzufinden. Und auch wenn er nichts sagt, ist das genau die Art von Unordnung, die ihn auf die Palme bringt. Er hasst Schmutz. Wenn bei ihm jemand drin ist, wartest du immer ein paar Minuten ab. Wenn er nicht herauskommt, klopfst du höflich an die Tür und fragst, was sie trinken möchten. In diesem Fall bringst du den Kaffee immer auf einem Tablett mit Untertellern und Teelöffeln zum Umrühren.» Mir scheint, Irit nimmt gar nicht auf, was ich ihr sage. Etwas ungeduldig fragt sie mich: «Und was ist die Arbeit?» Das ist die Arbeit, Süße, würde ich ihr am liebsten sagen, aber ich nehme mich zurück, sage nur, langsam, langsam, nicht alles an einem Tag.

«Also, bis das Wasser kocht, überprüfst du nur noch mal, dass alle Gläser gespült sind und du im Büro alles da hast: so drei, vier Packungen Pappbecher, mindestens drei große Kartons H-Milch, zwei Beutel türkischen Kaffee, eine Reservedose Pulverkaffee im Schrank, Zucker und Süßstoff. Wenn was fehlt, hängst du einen Zettel an die Tür ‹Bin gleich zurück›, schließt sorgfältig die Tür ab und holst Nachschub. Aber nur im Notfall. Von neun Uhr an kommst du hier nicht mehr weg. Bis zwölf Uhr mittags kommen pausenlos Anrufe. Du leitest kein Gespräch an Oberstleutnant Schwarz weiter, ohne vorher seine Erlaubnis eingeholt zu haben. Du sagst einfach: Einen Moment bitte, ich sehe nach, ob er frei ist, und wenn nicht, schreibst du eine Notiz. Jede Notiz auf ein eigenes Formular, unter sorgfältigem Vermerk von Datum, Uhrzeit, Name des Anrufers, Betreff und Inhalt der Nachricht. Am besten, du schreibst alles erst auf ein normales Blatt Papier und überträgst es später, sorgfältig formuliert, in den Vordruck. Es ist nicht leicht, solche Notizblöcke bei der Quartiermeisterei zu bekommen. Wenn die Nachricht dir nicht wichtig erscheint, legst du sie zu den anderen eingelaufenen Nachrichten, die du Oberstleutnant Schwarz jede volle Stunde aufs Zimmer bringst. Wenn du die Nachricht für dringend hältst, läutest du ihn an und liest ihm den Inhalt vor. Eine unwichtige Nachricht ist bis Oberst, und von Brigadegeneral aufwärts ist jeder Pieps äußerst dringend. Auch wenn Oberstleutnant Schwarz nicht im Zimmer ist, legst du ihm die Nachrichten jede volle Stunde rein, aber vorsortiert, damit er nicht durcheinanderkommt.

Wenn du zwischen den Anrufen Zeit hast, kannst du mit der Ablage anfangen. Über die Grundsätze des Ablegens reden wir mal gesondert. Um Punkt zwölf Uhr ist Mittagspause. Man kommt nicht immer raus, aber versuch es möglichst. Man braucht diese halbe Stunde.» Den Satz «Über die Grundsätze des Ablegens reden wir mal gesondert» hatte Michaela mir gesagt, und ich weiß noch, dass mir die Wendung «Grundsätze des Ablegens» ungeheuren Respekt einflößte, sich in meinen Ohren regelrecht zu einer detaillierten Kriegstheorie aufblähte, einer Art Spezialwissen, das ich beim Militär erwarb, wie das Entschlüsseln von Geheimcodes oder die Regeln der Flugaufsicht. Irit zuckte nicht mal mit der Wimper. Ein ganz anderer Typ, was nicht heißt, dass Irad Schwarz mich nicht eine Minute nach meinem Abgang vergessen haben wird. Meine Glanzleistung ist von der Sorte, die keine Spuren hinterlässt.

Mittlerweile komme ich ein wenig zum Ablegen, Telefongespräche laufen gerade nicht so viele ein. Ein Glück, dass wir einen ruhigen Tag erwischt haben. Denn als wir vom Mittagessen zurückkommen, hat sich schon die normale Traube von Studenten um den Samowar gebildet, und uns bleibt nichts anderes übrig, als dazustehen und ihnen zuzugucken, bis sie weggehen, damit ich Irit dann zeigen kann, wo man das Geschirr spült und wo der Gummischrubber und der Lappen und der Eimer sind und wie man das Büro nach dem Überfall in der Mittagspause sauber macht. Irits Gelassenheit bröckelt.

Als wir die Gläser in Plastikwannen zum Männerklo schleppen, weil dort der nächstgelegene Wasserhahn ist, weigert sie sich. Sie ist nicht bereit, in den Männertoiletten Geschirr zu spülen. «Und wenn jemand gerade pinkelt, was dann, soll ich etwa warten, bis er ausgeschlenkert hat?» Ich verstehe nicht, was sie für Probleme hat, aber sie will um keinen Preis nachgeben. Wir kehren unverrichteter Dinge zum Büro zurück, samt den Wannen voll Gläsern mit schwappenden Kaffee- und Milchresten, in denen Zigarettenkippen und sonstiger Dreck schwimmt, und unsere Uniformen sind schon völlig bekleckert. «Schau her, hier ist ein Schlauch», ich zeige auf den Wasserhahn, der zur Bewässerung des kleinen Rasenstücks hinter unserem Büro gedacht ist, «wenn es dir nichts ausmacht, dass dich alle sehen ...» Wir stellen die verdreckten Wannen vor den Wasserhahn, und als Irit mich nun anblickt, sehe ich große Verzweiflung in ihren Augen. Jetzt begreift sie wohl langsam.

Unter diesen Bedingungen sei sie nicht bereit, Geschirr zu spülen, erklärt sie mir. Schlicht und einfach. Was soll ich dazu sagen. Ich könnte darauf bestehen, denn es nervt mich, dass sie plötzlich ein Aufhebens um ganz gewöhnliche Dinge macht. Zwei Jahre spüle ich schon Gläser und Tassen auf der Männertoilette, und es stört mich überhaupt nicht, ob jemand schlenkert oder nicht. Bei dieser Gelegenheit habe ich gerade einige der freundschaftlichsten Gespräche geführt, ohne dass die Männer mich gefragt hätten, was ich da machen würde, oder ich sie im Einzelnen über ihr Tun ausgefragt hätte. So ist das nun mal, beim Militär werden Gläser gespült, und beim Militär schlenkern Männer. Aber als ich sie mir noch einmal angucke, sehe ich ihre erschlaffte Haltung, ihre Uniform mit den Kaffeeflecken im Bauchbereich und vor allem diese Hilflosigkeit, die sich in den entgeisterten braunen Augen spiegelt, und ich erinnere mich an all die Augen, die ich hier gesehen habe, an all die anfängliche Panik, Angst und Verzweiflung, die dann recht schnell einem sachlichen, gleichgültigen und verschlossenen Blick wichen. «So ist das halt», sage ich, «das ist die Lage. Wenn du gleich am Anfang Ärger machst, hältst du hier keine Woche durch. Du kommst aber auch nicht unbedingt auf einen anderen Stützpunkt.»

Ich ließ sie im Büro allein und schleppte die beiden Wannen zum Männerklo. Als ich zurückkam, hatte Irit schon Telefongespräche angenommen und Nachrichten notiert. Sie schreibt gleich auf den Vordruck, alles voller Streichungen und Verbesserungen. Sie fängt gerade erst an und ist schon jetzt kein bisschen motiviert. Warte du bloß ab, bis Irad dieses Gekritzel sieht ... Ich wische den Boden, mache um den Samowar herum sauber und suche ihren Blick, doch sie übersieht mich demonstrativ, so, als wären all diese seltsamen Tätigkeiten rein freiwilliger Natur. Andererseits erfasst sie im Handumdrehen die Grundsätze des Ablegens. Ich mache ihr keine Vorhaltungen. Wenn ich weg bin, wird sie sich an alles erinnern, und vielleicht fällt es ihr dann leichter, vom hohen Ross herunterzukommen. Erst mal ist der Tag zu Ende, und Irit verlässt das Büro schon um zehn vor fünf mit geschulterter Tasche, denn um Punkt fünf Uhr wartet ihr Vater am Tor auf sie.

7 Am nächsten Morgen kommt sie mit Frischhaltedosen und bietet mir geschnittenes Gemüse an: Gurken, Karotten, Sellerie, Paprika. Sie hat überhaupt nicht vor, in den Speisesaal zu gehen, will nicht zunehmen. Sie schaut nicht nach, was mit dem Samowar ist, ob Gläser da sind oder nicht, und wie es mit Zucker, Kaffee und Milch aussieht. Sie stellt um Viertel nach acht ihre Tasche neben meinen Stuhl, setzt sich ans Telefon und wartet auf Anrufe. Mir fehlt die Energie, gegen

ihre Verweigerung anzugehen. Eine Einführung ins Gläserspülen wird das Leben ihr schon vermitteln. Bis zum Mittag ruft sie ihre Mutter und ihre Schwester an und noch allerlei Freundinnen, die sie ewig nicht mehr gesprochen hat und von denen sie nun wahnsinnig gern wissen möchte, in welchen Einheiten sie gelandet sind. Zwischendurch beantwortet sie knapp einlaufende Gespräche für Irad und nimmt schlampig die Nachrichten auf, denn er selbst ist nicht da.

Bei ihr sei alles bestens, sagt sie. Der ganze Stützpunkt ist voller alter Knacker, und acht bedeutet halb neun und fünf kann auch mal vier sein. Ihre Mutter hat sie unterwegs zur Arbeit vorbeigebracht und nimmt sie hinterher auch wieder mit. Und wenn sie, schlimmstenfalls, doch mal erst um fünf Uhr fertig sein sollte, würde ihr Vater sie abholen, aber das würde wohl kaum passieren, meint sie. Durch die Studenten, die nach der Mittagspause zum Kaffeetrinken reinkommen, lässt sie sich bei ihren Telefongesprächen und sonstigen Beschäftigungen nicht stören. Deren Anwesenheit ist ihr völlig schnurz, und umgekehrt gilt das Gleiche. Es interessierte sie auch nicht die Bohne, dass sie einen Anruf von Brigadegeneral Nachman Topas, dem Hochschulleiter, aufgehalten hatte, der wissen wollte, wann Irad zurückkäme. Ich geriet unter Druck und schickte sie weg, damit sie mich nicht in Schwierigkeiten brachte.

Ich will so kurz vor dem Ende keine Unannehmlichkeiten mehr. Kann es sein, dass dies das Ende ist? Hat das hier ein Ende? Komisch, die ganzen zwei Jahre lang sind außerhalb dieses Zauns Menschen herumgelaufen, echte Zivilisten, die niemand wegen irgendwas zurechtweisen konnte, und sie haben ein normales Leben geführt. Ende oder nicht, immer wenn Irit weg ist, ist alles viel einfacher, und als Oberstleutnant Irad Schwarz wissen möchte, welchen Eindruck sie auf mich macht, bemerke ich mit einiger Genugtuung, ich hielte sie für ausgezeichnet, die ideale Besetzung für die Aufgabe – und denke mir, vielleicht wird er mir doch noch nachtrauern.

In meiner letzten Woche schicke ich sie jedes Mal nach zwei, drei Stunden weg. Sie weiß praktisch alles Erforderliche. Sie kann abheften, Nachrichten notieren, Telefongespräche entgegennehmen und weiß, wo alles ist. Es gibt Dinge, die sie hartnäckig ignoriert, wie Saubermachen und Spülen und Kaffee. Ihre Sache. Ich hab's ihr gezeigt.

Manchmal blicke ich sie an und frage mich, wieweit sie wirklich vorbereitet ist. Ich habe das Gefühl, sie hat die Hauptsache nicht verstanden, vielleicht, weil ich es nicht richtig ausdrücken konnte. Vielleicht ist sie anders, und all das passt nicht für sie? Vielleicht waren wir alle mal anders? Ich werde ein bisschen traurig, wenn ich daran denke, dass es nur eine Frage der Zeit ist, bis auch sie lernt, die Unterkünfte vorzuziehen, ihre Gespräche mit der Mutter immer kürzer werden und es ihr vielleicht auch nicht mehr recht ist, dass ihr Vater sie um fünf Uhr vom Stützpunkt abholt. Ich weiß nicht. Neben dem Samowar steht jetzt ein Geschirrspülmittel, das sie von zu Hause mitgebracht hat, und in der Kaffeeecke liegt ein Paar gelbe Gummihandschuhe.

Ich gehe still und leise, ohne Party, begnüge mich mit einem Händedruck und den formellen Abschiedsworten von Oberstleutnant Irad Schwarz in seinem Büro. Er dankt mir für meinen trotz aller Schwierigkeiten treu geleisteten Dienst und wünscht mir, dass ich auch im Zivilleben weiterhin zum Wohl der israelischen Gesellschaft beitragen werde. Am Nachmittag packe ich meine persönlichen Habseligkeiten in eine Tasche, die Militärausrüstung in eine zweite, gehe mit Rachel zum Wachhäuschen und warte auf den Lieferwagen, der mich abholen soll. Rachel überlasse ich Mosche, das Foto von Michaela nehme ich mit.

Die Deutsche Bibliothek verzeichnet diese Publikation
in der Deutschen Nationalbibliografie;
detaillierte bibliographische Daten sind im Internet
unter http://dnb.ddb.de abrufbar.

Die israelische Originalausgabe erschien 2005
unter dem Titel *Sfinat ha-Banot* bei Xargol, Tel Aviv.

1. Auflage 2007

Umschlaggestaltung
Nadja Zobel / Barbara Stauss, Zeitschrift **mare**, Hamburg
Typographie und Einband
Farnschläder & Mahlstedt Typografie, Hamburg
Grundschrift Swift
Titelschrift FF Fago, mit freundlicher Unterstützung
von FontShop
Druck und Bindung Clausen & Bosse, Leck
Printed in Germany
ISBN 978-3-86648-065-0